KB078540

임진운 판타지 장편 소설

조각의 주인

FANTASY FRONTIER SPIRIT

조각의 주인 2

임진운 판타지 장편 소설

초판 1쇄 찍은 날 § 2014년 3월 13일
초판 1쇄 펴낸 날 § 2014년 3월 20일

지은이 § 임진운
펴낸이 § 서경석

편집부장 § 권태완
편집책임 § 이효남
디자인 § 이혜정

펴낸곳 § 도서출판 청어람
등록번호 § 제387-1999-000006호
등록일자 § 1999. 5. 31
어람번호 § 제1-1808호

주소 § 경기도 부천시 원미구 부일로 483번길 40 서경B/D 3F (우) 420-822
전화 § 032-656-4452 팩스 § 032-656-4453
http://www.chungeoram.com
E-mail § chungeorambook@daum.net

ISBN 979-11-5681-938-7 04810
ISBN 979-11-5681-936-3 (세트)

Master of Fragments

조각의 증인

임진운 판타지 장편 소설

2

도서출판 청어람

CONTENTS

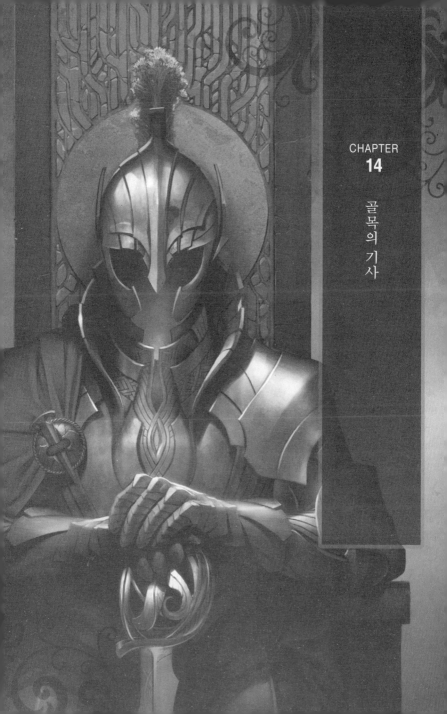

CHAPTER
14

골목의 기사

Master of Fragments

붉은 융단이 깔린 넓은 방.

금실로 수놓인 예복을 입은 청년이 화려한 의자에 턱을 괴고 앉아 있다. 바로 현 헤일런 연방의 황제인 클레멘스 5세이다.

그의 시선은 방 중앙에 놓인 금홀(金笏)에 멈추어·있었다. 황제의 권위를 나타내는 금빛의 홀 끝에는 어른의 주먹만 한 하얀 금속이 놓여 있는데 스스로 은은한 빛을 뿜어내고 있었다.

"아, 괴롭구나. 아무것도 하지 못하는 황제라니……."

하얗고 반듯한 이맛살에 주름이 잡혔다. 그때 밖으로부터 시종의 목소리가 들려왔다.

"레기어스 플러드 경께서 알현을 청하십니다."

레기어스의 이름을 들은 황제의 표정이 딱딱하게 굳었다. 뚜렷한 적개심이다.

"들라 하라."

철컥!

육중한 문이 소리를 내며 양쪽으로 열렸다. 붉은 망토를 두른 중년인이 당당한 발걸음으로 들어와 황제의 앞에 가볍게 고개를 숙였다.

"아직 주무시지 않았군요, 폐하."

황제의 눈이 날카로워졌다.

"외숙부께서는 너무 늦은 시간에 짐을 찾아오셨군요. 이제 막 침소에 들 생각이었습니다."

"하핫! 이거 실례했습니다, 폐하. 아직 주무시지 않는다는 이야기를 듣고 말벗이라도 해드리려고 찾아왔지요."

"으음."

황제는 별다른 말을 할 수 없었다. 웃음 짓는 레기어스의 몸 주변으로 무형의 기운이 솟아올라 황제를 억압했기 때문이다. 그는 시선을 돌리며 무형의 기운을 거두어들였다.

"오, 황제의 홀을 살펴보고 계셨던 모양이로군요."

레기어스의 눈동자가 탐욕스러운 빛을 발하고 있다. 황제의 홀을 찬찬히 살펴보던 그는 낮은 목소리로 말했다.

"폐하, 둔켈의 침공으로 연방제국 전역이 혼란에 빠져 있습니다. 룬아머러의 수는 한정적이고 둔켈의 수는 얼마나 불어날지 아무도 모르는 상황인 것이지요. 연방제국을 보호하기 위해서는 거대한 힘이 필요하답니다."

"외숙부께서는 무슨 이야기를 하고 계시는 것입니까?"

물끄러미 황제를 바라본 레기어스는 걱정스러운 얼굴로 말을 이었다.

"폐하께서 가즈아머의 선택을 받지 못한 사실이 최측근들 사이에서 서서히 알려지기 시작했습니다."

"누, 누가 그런 말도 안 되는!"

"폐하와 저는 피를 나눈 가족입니다. 이렇게 혼란스러운 시기에 황실의 혈통이 가즈아머의 힘을 사용할 수 있어야 하지 않겠습니까? 그러니 황실 직속 룬아머러 길드장인 제게도 가즈아머의 심판을 받을 기회를 주시는 것이……"

황제의 창백한 얼굴이 부들부들 떨린다. 레기어스의 야욕을 잘 알고 있지만 이렇게까지 노골적으로 드러낼 줄은 몰랐기 때문이다.

"무엄하오, 외숙부! 감히 황제의 권력을 나타내는 홀에 손을 대겠다고 말씀하시는 것입니까!"

황제의 목소리가 높아지자 레기어스는 쓸쓸한 미소를 지었다.

"아아! 노하지 마십시오, 폐하. 어디까지나 본인의 우둔한 의견을 여쭙는 것일 뿐이니까요. 그럼 이만 물러가 보겠습니다. 평안한 밤 되십시오."

황제가 뭐라 대답하기도 전에 레기어스는 몸을 휙 돌렸다. 그의 눈빛이 차갑게 얼어 있다. 레기어스가 사라지고 문이 닫히자 황제는 창밖을 바라보며 혼잣말을 중얼거렸다.

"외숙부의 야욕이 점차 노골적이구나. 헥터 경이 제때 견제 세력을 만들어주어야 할 텐데……."

황제의 가녀린 주먹이 굳게 쥐어졌다. 황궁의 밤은 그렇게 황제의 근심과 함께 깊어져 갔다.

*   *   *

아직은 차가운 바람 속에 향긋한 봄 냄새가 스며들어 있다.

건물의 처마 밑에는 겨우내 매달려 있던 고드름이 녹으며 물방울을 떨어뜨렸고, 발로인을 통과하는 크고 작은 하천들이 경쾌한 소리를 내며 흘렀다.

짙은 남색의 교복을 입은 벨드는 가벼운 발걸음으로 발로인 남부 도심의 황실 룬아머러 아카데미로 등교하는 중이다.

미차를 이용하라는 총집사의 당부를 거절하느라 진땀을 뺐는데, 발로인에서 청동 날개 길드의 이름이 얼마나 큰 영향력을 가지고 있는지 잘 알기에 주변의 시선이 부담스러운 것이다.

비상계엄령이 선포된 지 두 달이라는 시간이 지났다. 헤일런 연방제국의 전선 곳곳에서 승전보가 날아들자 시민들의 위축되었던 심리가 한결 부드러워진 듯했다.

예전만은 못하지만 거리 곳곳에서 활력이 느껴지고 있었다.

빵집 앞에 줄을 서 있는 아낙들, 찻집 앞의 난로에 모여 차를 마시는 노인들, 어디론가 서둘러 움직이는 젊은이들. 겨울 내내 헥터와 치열한 수련에 매진했던 벨드에게는 너무나 낯선 풍경이었다.

"그래도 다들 예전보다 표정이 좋군. 정말 활기찬걸."

몇 개의 건물이 지나고 낯선 광경이 몇 번 펼쳐졌다. 그때 그의 발걸음이 자연스럽게 멈추어졌다.

"으음? 여기가……."

애초에 벨드는 넉넉히 시간을 가지고 출발했기에 발로인의 아침을 여유롭게 즐길 예정이었다. 하지만 연방제국 최대의 도시 발로인은 그의 생각만큼 만만한 곳이 아니었는데, 크리스에게 아카데미로 가는 길을 충분히 설명을 들었음에도 앞뒤 좌우로 뻗은 사거리에서 방향 감각을 잃어버린 것이다.

벨드는 머리를 매만지며 답답한 탄성을 내질렀다.

"이런! 한눈파는 사이에 길을 잃었는걸. 분명 이쪽으로 가면 라칸트 광장이 나온다고 했는데……. 엘락, 혹시 길 알겠어?"

그의 물음에 여전히 퉁명스러운 목소리가 들려왔다.

'너 정말 지독한 방향치로군. 천재와 백치는 종이 한 장 차이라더니…….'

"시끄러워! 방향을 알겠냐고?"

'방향으로는 남동쪽이다. 나도 건물 사이의 길을 감지하는 능력은 없다.'

"그러니까 남동쪽이 어느 방향이냐고!"

'왼쪽 길이다, 멍청아!'

"진작 그렇게 말할 것이지."

벨드는 엘락의 조언대로 지체 없이 사거리의 왼쪽 길을 선택하였다. 자그마한 잡화점 몇 개와 카펫 가게를 지나쳤고, 넓던 길은 점차 좁아졌다.

인적마저 뜸해지자 제아무리 방향치인 벨드가 보더라도 뭔가 이상했다.

"야, 이 방향 맞는 거냐?"

'흠, 방향은 맞는 것 같은데 길이 이상하군.'

"헤휴, 발로인 사람들은 정말 길을 이상하게 만드는군."

'예나 지금이나 이런 상황에는 누군가에게 물어보는 것이 최고지.'

"물어볼 만한 사람이 있어야 물어볼 거 아냐!"

'네가 길을 잃어놓고 괜히 소리 지르지 마라. 성격까지 더럽기는……'

"성격 더러워지는 데 도와준 거 있냐? 조용히 있어봐!"

엘락과 툭탁거리고 있을 때, 어디선가 여성의 비명 소리가 들려왔다.

"꺄아아악! 도와주세요!"

잠시 멈칫한 벨드가 목소리가 들린 곳을 찾았다.

"들었어?"

'물론. 이제 길을 물어볼 사람이 생긴 것 같군.'

"지금 그게 중요한 게 아니잖아. 누가 위험에 빠진 것 같아. 방향이나 알려줘."

'앞쪽에 보이는 건물 사이다. 생명체 다섯 개가 느껴지고 있다. 그중에 한 놈이라도 길을 알고 있으면 좋겠는데.'

급박해 보이는 상황에 무감각한 엘락. 고개를 절레절레 내저은 벨드는 가볍게 마도력을 끌어올리며 자리를 박차고 달렸다.

단발머리의 한 소녀가 네 명의 젊은 남자들 사이에서 겁에 질린 채 떨고 있다.

그녀는 뒷걸음질 치다가 차가운 벽에 막히자 그 자리에 주저앉았다.

"제, 제게 왜 이러시는 거예요?"

눈가에 상처가 있는 남성이 야비한 미소를 지었다..

"크큭! 네게 악감정은 없어. 다만 황립 룬아머러 아카데미의 교복만 보면 심사가 뒤틀려서 말이야."

"이제 곧 사람들이 올 거예요! 그러니 절 보내주세요!"

그중 키 작은 남성이 피식 웃었다

"후훗! 근방에 널 도와줄 수 있는 사람이 있을까? 우리가 이렇게 허름한 행색을 하고 있어도 한때는 황립 룬아머러 아카데미에서 제법 인정받는 수재들이었지. 치안 유지병 따위는 우리의 상대가 되지 않아. 룬아머러는 다들 전방으로 나갔고 말이야. 즉 너를 도와줄 만한 사람은 없다는 거야. 최소한 이 근방에는 말이지."

"그, 그런……."

"킥! 우리는 네 선배님들이라고. 그러니 앵앵대지 말고 이 선배님들과 재미있게 놀자. 크크큭! 이 선배님께서 추워서 그러는데 한번 안아봐도 될까?"

그렇게 말한 키 작은 남성이 소녀의 손목을 낚아채었다.

"캭! 이러지 마세요!"

"안달할수록 귀여운 맛이 있는걸. 하하핫!"

소녀는 손목을 빼려 이리저리 힘을 써봤지만 마도력을 사용하는 남성의 손을 벗어날 수는 없었다.

그사이 골목에 도착한 벨드는 소녀를 괴롭히는 불한당들을 보자 분노가 치밀었다.

"남자 넷이서 여자 하나를 괴롭히다니!"

그들 사이로 뛰어들려 할 때 엘락의 목소리가 들려왔다.

'아, 여기 영웅 행세 하려는 얼간이가 또 있군.'

"무슨 말이야?"

'예선에 그런 녀석을 한 명 알고 있었지. 덕분에 단명했지만. 왠지 너도 그럴 것 같은 예감이 풀풀 풍긴다.'

"너 재수없는 소리 할래? 그렇지 않기를 바라야 할 걸. 또 둔켈 뱃속에서 수백 년 잠자고 싶지 않으면 말이야."

엘락은 더 이상 대꾸하지 않고 잠잠해졌다.

"그나저나 얼굴이 알려지면 귀찮아질 텐데……."

타인의 주목을 끄는 행동을 최대한 자제하라는 헥터의 당부로 인해 잠시 고민하던 벨드는 뭔가 좋은 생각이 떠오른 듯 마도력을 끌어올리며 그들 사이로 뛰어들었다.

"이제 그만들 해, 악당들!"

실랑이를 벌이던 다섯 남녀가 시선을 돌렸다. 키 작은 남성은 골목 끝에 나타난 목소리의 주인공을 보며 고개를 갸웃거렸다.

"응? 뭐야, 저 녀석은?"

진남색의 룬아머러 아카데미의 교복을 입고 있었지만 얼굴은 확인할 수 없었다.

벨드가 자신의 얼굴을 가릴 요량으로 가즈아머의 투구만을 소환하여 착용하고 나타난 것이다.

푸른색의 투구 수술을 휘날리며 위풍당당하게 서 있는 벨드를 보며 남성들이 웃음을 터뜨렸다.

"하핫! 이건 또 무슨 얼간이냐? 너도 황립 룬아머러 아카데미 생도냐?"

"어, 어떻게 알았지?"

벨드가 당황해 대답하자 네 명의 남성은 배를 잡고 웃기 시작했다.

"하하핫! 네 녀석이 입고 있는 게 황립 룬아머러 아카데미 교복이니까 알 수 있지. 요즘 둔켈들이 출몰해서 난리더니 저런 덜떨어진 녀석까지 선발하나 보군."

"크크크, 마도력이 부족해서 투구만 소환한 건가?"

"크큭! 그런가 보군. 꼴에 정의의 사도인 체하는 모양인데."

그의 노골적인 비아냥거림이었지만 무시하며 벨드가 다시 한 번 소리쳤다.

"이익! 시끄러워! 혼나기 전에 그녀를 놔주고 어서 꺼져라! 너희들도 남자라면 연약한 여자를 여럿이서 괴롭히는 짓 따위는 그만둬!"

벨드의 말이 자극이 되었는지 네 남성은 인상을 구기며 그에게 다가왔다.

"이거 장난으로 끝내려고 했더니 신경을 박박 긁고 계시는군."

"아직 어깨에 견장을 달고 있지 않은 것을 보니 이제 막 입학하나 본데 들떠서 앞뒤 못 가리고 있군. 그 투구를 벗겨서 면상이나 한번 볼까?"

짧은 순간에 사소한 것까지 놓치지 않는 것으로 보아 평범한 동네 건달이 아님은 확실했다.

서로 눈빛을 교환하던 남성 중 하나가 마도력을 끌어올리며 벨드에게 뛰어들었다.

"훗! 이 주먹 한 방이 세상이 그리 만만치 않음을 가르쳐 줄게다!"

파앗!

그의 몸이 눈에 아른거릴 정도로 빠르게 움직였다. 순식간에 벨드의 눈앞까지 이르더니 마도력이 듬뿍 담긴 주먹을 휘둘렀다.

"하앗!"

분명 투구만 뒤집어쓰고 있는 눈앞의 멍청이가 자신의 주먹에 맞아 저 멀리 날려갈 것이라는 사실을 의심하지 않았다.

부웅!

하지만 타격 음은 온데간데없고 허공을 가르는 바람 소리만 요란하게 났다.

"응?"

주먹에 닿는 느낌이 없었다. 벨드의 모습이 한순간 사라지고 투구의 수술이 자신의 얼굴을 간질이는 게 느껴지는가 싶더니 복부에 낯선 감촉이 전해졌다.

퍼벅!

이어 뒤따르는 고통과 매스꺼움. 내장이 뒤틀리는 충격이 전해진 것이다.

"커억! 우웨엑!"

나머지 세 명의 남성은 벨드의 움직임을 제대로 확인하지도 못했다는 사실에 불신의 눈빛을 했다.

"뭐, 뭐냐!"

"젠장! 빠, 빠르다!"

경악의 외침이 끝나기도 전에 벨드가 잔영을 만들며 빠른 속도로 접근해 왔다.

세 남성의 사이로 뛰어들어 그중 한 명의 목덜미를 당수로 내려치며 몸을 빙글 돌렸다.

퍼벅!

그 회전력을 이용하여 옆 남성의 복부에 주먹을 찔러 넣었고, 반대로 돌며 팔꿈치로 마지막 남성의 명치를 가격했다.

"크윽!"

벨드는 한 치의 낭비 없는 움직임으로 네 명의 남성을 바닥에 쓰러뜨렸고, 아무런 일도 없었다는 듯 자신을 바라보고 있는 소녀를 향해 걸어갔다.

"다친 데는 없어요?"

멍하니 벨드를 바라보던 소녀가 급히 고개를 끄덕였다.

"네, 다친 데는 없는 것 같아요. 감사해요."

"다행이네요. 저 녀석들은 당분간 못 움직일 테니 걱정하지 마세요."

"휴우……."

안도의 한숨을 내쉬는 소녀를 보며 안심한 벨드는 문득 자신의 처지가 생각났는지 급하게 물었다.

"그보다 부탁 하나만 드려도 될까요?"

"부탁이요? 무슨 부탁이시죠?"

"저, 룬아머러 아카데미로 가는 길을 몰라서 그러는데 좀 가르쳐 주실 수 있나요?"

"네?"

룬아머러 아카데미의 교복을 입고 있고 상급생 중에서도

수준급의 격투술을 선보인 그가 길을 묻자 자신의 귀를 의심할 수밖에 없었다.

벨드는 투구를 긁적이며 대답했다.

"제가 오늘 처음 등교하는 길이라서요."

"아, 그러시군요. 이 건물만 지나가면 바로 아카데미가 있어요. 이쪽은 지름길이라 생도들이 가끔 지나다니죠."

"역시 방향은 틀리지 않았군요. 감사합니다."

삐이익!

그때 어디선가 높은 음의 피리 소리가 들려왔다. 그리고 골목의 초입에서 웅성거리는 사람들의 목소리가 들려왔다.

"이 근처에서 신고가 들어왔다! 당장 수색해!"

벨드는 치안 유지병들이 왔음을 알 수 있었다. 그는 다리에 힘이 풀린 듯 자리에 주저앉아 있는 소녀를 바라보며 말했다.

"치안 유지병들이 적당한 때에 온 것 같군요. 저는 이만 가보겠습니다. 그럼 몸조심하세요."

"저, 저기… 이름이라도!"

벨드는 소녀의 물음을 외면하며 그 자리를 박차고 공중으로 뛰어올랐다.

가볍게 10멜리 이상 솟구쳐 오른 그는 건물의 난간을 한 번 더 딛고 재차 도약해 옥상에 닿았다. 홀연히 사라지는 벨드를 바라보던 소녀는 중얼거렸다.

"분명 아카데미 생도인데… 누구일까?"

그렇게 질문을 던지는 사이 도착한 십여 명의 치안 유지병들은 정신을 잃고 쓰러져 있는 불량배들을 포박하기 시작했다.

CHAPTER 15

룬아머러 아카데미

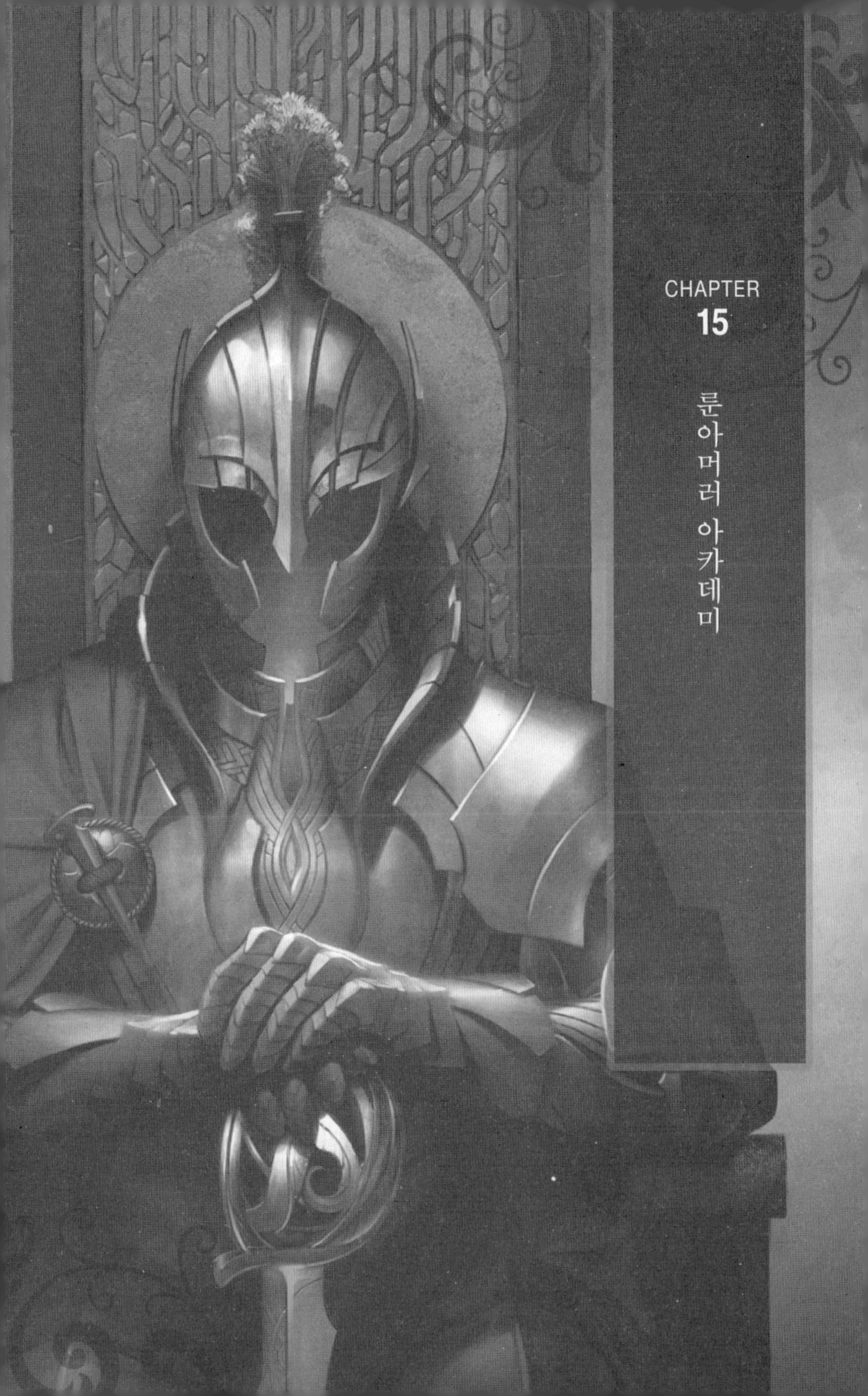

Master of Fragments

건물 위에 올라서자 손쉽게 황립 룬아머러 아카데미를 찾을 수 있었다.

직접 규모를 보니 이 도시에서 이곳을 못 찾는 것이 부끄러울 정도였는데, 건물의 옥상에서 내려다보는 룬아머러 아카데미는 하나의 작은 마을에 가까웠다. 십여 개의 크고 작은 건물들이 서 있고 곳곳에 연무장이 위치해 있었다.

적벽돌로 쌓아 만든 아치형의 정문으로 수시로 생도들이 들어서고 있었다.

건물에서 가볍게 뛰어내린 벨드 역시 그들의 대열에 합류했다.

다들 늦지 않으려고 걸음을 재촉하고 있었다. 벨드가 교복의 안주머니에서 종잇조각을 꺼내었다.

"으음, 프라우드 하이져 교수님 집무실이라……. 여기는 어떻게 찾아가지?"

룬아머러 아카데미에 들어선 벨드는 주변을 두리번거렸다. 눈앞에 펼쳐진 많은 건물들을 보니 머릿속이 갑갑해지는 듯했다.

"다들 어떻게 찾아가는 거지? 또 누군가에게 물어봐야 하나?"

물어볼 사람을 찾는 것은 어렵지 않았다. 지나가던 몇몇 여자 생도들이 수려한 외모(?)의 벨드에게 시선을 빼앗기고 있었기 때문이다.

그중 붉고 긴 머리카락이 눈에 띄는 여생도와 눈이 마주쳤다.

"저, 실례지만 프라우드 하이져 교수님의 집무실은 어디에 있나요?"

여생도는 자신이 바라보고 있었다는 사실을 벨드가 알게 된 것이 부끄러운지 얼굴을 붉혔다.

"에, 예? 하이져 교수님의 집무실 말씀이세요?"

"네, 오늘 처음이라 길을 잘 몰라서요."

"아, 신입생인가 보군요? 교수님들의 집무실은 정면에 보이는 본관 건물 5층에 있어요."

"그렇군요. 감사합니다."

"아뇨, 별말씀을요."

벨드는 고개를 가볍게 숙여 감사를 표시했다. 그가 걸음을 옮겨 멀어지자 여생도의 주변으로 친구들이 모여들었다.

"어머, 누굴까? 굉장히 잘생겼다! 풍기는 느낌도 좋은 집안 출신 같은걸?"

"글쎄, 교무처가 어딘지 물어보는 걸 봐서는 신입생 같은데?"

"신입생이라고 보기에는 나이가 어려 보이지는 않는데?"

"금방 알게 되겠지. 워낙 좁은 바닥이라 소문은 금방 퍼지니까."

여자 생도들은 벨드에 대한 궁금증을 토로하며 수다 꽃을 피우기 시작했다.

그렇게 벨드에 대한 소문은 천천히 룬아머러 아카데미로 퍼져 나가고 있었다.

*　　*　　*

작은 쪽지를 손에 쥔 벨드는 본관 건물의 5층을 두리번거리고 있었다.

사람의 기척이 느껴지지 않을 정도로 조용한 복도에서 그의 발자국 소리만 울려 퍼졌다.

명패를 보며 몇 개의 문을 지나친 벨드는 발걸음을 멈췄다.

나무 명패에 프라우드 하이져의 이름이 깊게 새겨져 있었다.

"프라우드 하이져라…… 여기로군."

나직한 한숨을 내쉰 그가 노크를 하려고 할 때 방 안으로부터 목소리가 들려왔다.

"그렇게 한숨 쉬고 있지 말고 들어오게나. 젊은 친구가 한숨은……."

벨드는 작은 기척을 감지하는 하이져의 청각에 깜짝 놀랐다.

"아, 예!"

문고리를 돌리자 자연스럽게 문이 열렸다. 그렇게 크지 않은 방에 책장이 벽면을 둘러싸고 있고, 햇살이 잘 들어오는 방향에 나무 책상이 놓여 있다.

곱슬곱슬한 머리카락과 멋지게 말린 콧수염. 광장에서 만났던 익숙한 얼굴이다.

침을 꿀꺽 삼킨 벨드가 고개를 숙여 보였다.

"처음 뵙겠습니다. 베르난드 길버트라고 합니다."

헥터의 사촌이라는 역할 때문에 성을 바꿔 소개했다. 무뚝뚝한 표정으로 벨드를 바라보던 하이져가 반색을 하며 그를 반겼다.

"오! 그렇지 않아도 헥터 단장님의 소개장을 통해 자네 이야기는 많이 들었네."

하이져가 다가와 악수를 청하며 손을 내밀자 벨드가 맞잡았다.

"으음? 장갑을 끼고 있군."

자신의 장갑을 내려다본 벨드가 머쓱한 표정을 지었다.

"죄송합니다. 손에 흉측한 상처가 있어서 타인에게 보여주기 껄끄러워 늘 장갑을 끼고 있습니다. 예의가 아닌 줄은 알지만 양해 부탁드립니다."

"아, 그렇군! 누구에게나 숨기고 싶은 상처 하나씩은 있지. 이쪽으로 앉게나."

서로 마주 보며 앉자 하이져가 먼저 이야기를 이끌었다.

"내가 설명하지 않아도 잘 알겠지만, 자네 숙부는 참 존경할 만한 분이시지."

"저희 숙부에 대해 잘 아시나 보군요?"

"이십 년 전쯤 황실근위단 단장 직을 맡고 계실 때 휘하에 있었다네. 그때부터 입버릇처럼 단장님이라고 부르곤 하지."

"아, 그러셨군요."

"소개장을 봤을 때는 정말 깜짝 놀랐다네. 피붙이가 있다고는 전혀 생각하지 못했으니까. 혈혈단신인 줄 알았는데 갑자기 당신의 조카를 맡아달라고 하시니 내 귀를 의심할 정도였지."

벨드는 멋쩍게 웃었다.

"하하, 숙부라고는 하지만 호칭만 그럴 뿐 아주 먼 친척입니다."

"그래서 그런지 전혀 닮은 구석이 없군. 머리색이나 눈동자 색이나……."

그렇게 잠시 벨드의 얼굴을 유심히 살피던 하이져가 고개를 갸웃거리며 물었다.

"그보다 혹시 우리 어디선가 만난 적이 있나? 왠지 낯이 익은 기분이 드는군."

속으로 뜨끔한 벨드는 손을 내저었다.

"아, 아니요! 저는 얼마 전에야 발로인으로 왔습니다. 그전만 하더라도 하이멜을 벗어난 적이 없으니 만난 적이 있을 리가 없죠."

벨드가 적극적으로 부인하자 하이져는 받아들일 수밖에 없었고, 그리 중요한 일도 아니라 생각했다.

"껄껄! 내가 착각했나 보군. 하긴, 이렇게 잘생긴 청년이라면 쉽게 잊기 힘들지."

"네, 뭐……."

"헥터 단장님께서는 자네를 레벨 6인 졸업 학년에 편입시키기를 원하시더군. 헥터 단장님께서 룬아머러 아카데미의 교육 수준을 모르시는 것도 아닐 텐데… 그만큼 자네 실력을 믿으시는 것이겠지?"

"숙부께서 성격이 급하셔서요. 중급 과정부터 차근차근 하고 싶다고 말씀드렸지만 워낙 완고하셔서……."

"허헛! 그분의 성격을 모르는 바 아니지. 졸업반은 바로 실전 전투 훈련을 하게 된다네. 그만한 각오는 하고 왔나?"

"최선을 다하는 수밖에요."

"황실 공인 룬아머러가 되는 것은 장난이 아니라네. 앞으로 며칠 동안 여러 방면의 테스트를 거치게 될 게야. 그에 상응하는 자질이 없다고 판단되면 가차 없이 강등시킬 테니 너무 섭섭해하지는 말게나. 또 교내에서는 헥터 단장님과의 관계에 대해서는 일체 언급하지 않을 테니 그렇게 알게. 젊은 생도들 사이에 큰 소요가 생길 테니까."

"물론입니다."

"그럼 내가 맡고 있는 졸업생들을 만나러 가보세."

"네, 알겠습니다."

하이져와 함께 본관 건물을 나서자 가장 큰 연무장이 나왔고, 주변을 돌아 다음 건물로 향하였다.

본관 건물을 제외한 나머지 건물은 두 줄로 줄지어 서 있었는데, 표지를 보니 좌편은 미케닉 학부, 우편은 룬아머러 학부임을 알 수 있었다.

룬아머러 학부의 가장 마지막 건물까지 걸어가서야 하이져의 걸음이 늦춰졌다.

낯선 광경이 펼쳐지는 아카데미 내 풍경을 두리번거리는 벨드에게 물었다.

"좀 둘러보니 느낌이 어떤가?"

"생각보다 생도들이 많지가 않군요. 전체 규모로 보아 생도 수가 많을 것이라 생각했는데 의외네요."

"황립 룬아머러 아카데미는 그야말로 소수 정예로 이루어져 있지. 자네처럼 제국의 전역에서 추천을 받아오는 인재들이 대부분이네. 특히 각 레벨의 승급 심사 때마다 반수가 탈락을 하거나 유급을 하게 되지."

"탈락한 생도들은 어떻게 되나요?"

"각 레벨은 정원제로 운영되기 때문에 승급 심사에서 탈락한 생도들은 아카데미를 퇴교하게 되지. 룬아머러, 또는 미케닉의 길을 포기하거나 다른 룬아머러 아카데미로 편입하게 된다네. 물론 재능이 아까운 생도들은 한 해 더 기회를 주게되고 말이야."

"그럼 졸업반은 몇 명이죠?"

"총 열두 명밖에 되지 않는다네. 참고로 졸업 인원은 정해지지 않는다는 것을 알아두도록. 머릿수를 채우기 위해 미숙한 룬아머러를 졸업시키는 일은 없으니까."

"치열하군요."

"후훗! 그런 편이지."

점차 작아지는 건물들을 돌아보자 황립 룬아머러 아카데미의 시스템이 이해할 수 있었다.

"지금까지 지나온 건물들은 다른 레벨이 사용하는 건물인가 보군요. 건물이 점차 작아지는군요."

"그렇지. 한 레벨씩 진급할 때마다 건물을 옮기게 되네. 반수가 퇴교를 하게 되니 큰 건물이 필요 없어지는 것이지."

아무도 없는 복도를 지나고 하이져가 두꺼운 문을 밀어젖혔다.

유리창으로 둘러싸인 교실이었다. 열두 명의 생도들이 반원형 계단식 책상에 두 줄을 이루고 앉아 있었다.

그들의 눈에는 존경과 아련한 공포심이 깃들어 있었다.

하이져가 생도들에게 어떠한 존재인지 잘 알려주고 있었다. 룬아머러 학부라 그런지 대부분은 남생도들이었고, 여생도는 단 한 명밖에 없었다.

지금까지 벨드가 본 대다수의 여생도는 크리스와 같은 미케닉 학부생임을 짐작할 수 있었다.

한 남생도의 목소리가 들려왔다.

"분대원 일동 주목!"

처억!

일사불란한 몸짓 소리가 들렸다. 하이져가 단상에 올라서자 가장 앞에 서 있던 남생도가 외쳤다.

"교수님께 경례!"

"Hen dus Vict(승리의 만세를)!"

하이져가 손을 올리자 생도들이 제자리에 앉았다. 등을 꼿꼿이 세운 생도들은 하이져와 함께 들어온 벨드가 궁금했을 법도 하건만 눈동자조차 움직이지 않았다.

"다들 나에 대해 잘 알고 있겠지만, 졸업반을 맡은 프라우드 하이져다. 이 자리에는 승급하여 졸업반이 된 생도도 있을 것이고, 졸업을 하지 못하고 유급한 생도들도 있을 것이다. 올해는 이 자리의 모든 생도가 졸업의 영광을 누리길 바란다."

"예, 교수님!"

우렁찬 대답 소리가 교실을 채우자 하이져는 흐뭇한 미소를 띠었다.

"새로운 학기를 시작하기 전에 자네들과 함께할 새로운 생도를 소개하겠다. 이름은 베르난드 길버트. 하이멜 제후국으로부터 특별 추천으로 졸업반에 편입되었다. 분대장!"

"네, 교수님!"

하이져가 호명하자 대표로 인사를 한 생도가 자리에서 일어났다. 짧게 자른 갈색의 머리카락과 각진 턱이 인상적인 남생도다.

벨드는 그의 얼굴이 익숙함을 알 수 있었는데, 바로 중앙광장에서 벨드에게 윽박지르던 데니언이었다. 벨드는 속으로 비명을 내질렀다.

'젠장! 저 사람, 작년에 졸업 못하고 유급한 모양이구나!'

벨드의 머릿속이 복잡하게 엉키고 있을 때, 하이져의 이야기가 이어지고 있었다.

"베르난드는 발로인에 온 지 얼마 안 되어 아카데미의 사정에 대해 잘 모른다. 자네가 분대장인만큼 적응하도록 잘 도와주게."

"네, 교수님!"

벨드는 고정된 대답만을 연발하는 데니언의 눈치를 살필 뿐이다. 하이져는 일정표를 살펴보며 말했다.

"첫 시간은 분대 전술이니 수업 잘 듣고 오후 실전 격투술 시간에 보도록 하지."

하이져가 말을 마치자 데니언이 외쳤다.

"일동 주목! 교수님께 경례!"

"Hen dus Vict!"

하이져가 교실을 나가자 긴장이 풀어지며 여기저기서 한숨 내쉬는 소리가 들려왔다.

벨드가 주변을 두리번거리고 있을 때, 분대장인 데니언이 다가왔다. 그는 벨드를 아래위로 훑어보더니 귀찮다는 표정으로 누군가를 불렀다.

"로렌, 이 녀석을 담당해!"

그렇게 말을 던진 데니언은 더 이상 벨드에게 관심 없다는 듯 교실 밖으로 나가 버렸다.

자신을 알아보지 못하는 것에 안도의 한숨을 쉬고 있을 때, 큰 키에 상대적으로 마른 체구의 남생도가 다가와 먼저 말을 걸었다.

"여! 베르난드라고? 난 로렌이라고 한다."

데니언이 나가고 나서야 베르난드에 대해 궁금했던 생도들이 하나둘 모여들기 시작했다.

옅은 갈색의 머리카락을 짧게 자른 유쾌한 느낌의 여자 생도가 인사를 건넸다.

"난 클로아, 이쪽은 페트릭. 만나서 반가워."

페트릭이라는 왜소한 체구의 남자 생도는 검은 머리를 한

갈래로 땋고 있었는데, 여자인 클로아와 바뀐 듯하다는 생각이 든다.

"난 베르난드 길버트. 그냥 벨드라고 불러. 하이멜 제후국에서 왔어."

서로 인사를 주고받는 것이 일단락되자 로렌이 눈을 빛내며 물었다.

"너, 어떻게 바로 졸업반으로 편입할 수 있었던 거지? 대단한 배경이라도 있는 거냐?"

"웅? 아니, 하이멜 제후국의 사립 룬아머러 아카데미에서 추천 받았을 뿐이야."

미리 준비한 이야기를 늘어놓자 다행스럽게도 다들 수긍하는 분위기다.

"호오, 너 상당히 엘리트인가 보구나? 황립 룬아머러 아카데미에서 사립 룬아머러 아카데미로 가는 경우는 많아도 반대의 경우는 거의 없거든. 겉으로 보기에는 그렇게 보이지는 않는데."

"그냥 그럭저럭. 그런데 방금 나간 사람이 졸업반 대표라고?"

"데니언 크로비스. 우리 한 해 선배야."

"그런데 왜 아직 졸업을 하지 않았지?"

"헤유, 그러게 말이다. 글쎄, 졸업 훈련 때 중앙광장에서 사고를 쳤나봐. 그래서 하이져 교수님 눈 밖에 나서 한 해 유급하게 됐다나 뭐라나. 그 뒤로 성격이 더 삐뚤어져서 늘 반전체가 살얼음판이야. 아무튼 저 성격 나쁜 선배와 함께 지내려니 죽을 맛이다."

벨드는 가슴이 철렁 내려앉았다. 데니언이 자신의 존재를 알게 되면 좋게 넘어갈 상황이 아니라는 것을 직감한 것이다.

"그, 그렇군. 조심해야겠네."

"응? 뭐라고?"

"아냐, 아무것도. 성격이 나빠 보여서 조심해야겠다고."

클로아가 책상 위에 걸터앉으며 호기심 가득한 얼굴로 물었다.

"집은 어디야?"

자연스러운 질문이었지만 미리 대처하지 못한 벨드는 버벅거렸다.

"집? 으음, 메이튼가 3번지야."

"우와! 메이튼가 3번지면 완전 중심지 아냐? 너 대단한 집안인가 보구나? 다음에 한번 초대해 줄래?"

처음 보는 남자에게 집에 초대해 달라고 하는 클로아를 보며 벨드는 당황한 얼굴을 했다.

"어? 저기… 집안이 대단한 건 아니고 숙부 댁에 얹혀살고 있지. 그래서 초대하기에는 눈치가 좀 보여."

"그럼 어쩔 수 없지. 타지에서 고생이 많구나?"

페트릭이 인상을 쓰며 아쉬워하는 클로아를 밀쳤다.

"이 녀석은 잘생긴 남자만 보면 침을 질질 흘린다니까! 벨드, 너 이 녀석 조심해!"

"칫! 잘생긴 남자한테 관심 있는 건 여자들의 본능이라고! 게다가 몇 년 동안이나 지겨운 얼굴만 보고 살다가 이렇게 산뜻한 얼굴을 보니 좋아서 그런다!"

"무슨 여자가 저렇게 넉살이 좋나 몰라!"

"신경 꺼라!"

로렌과 클로아를 시작으로 생도들이 이것저것 물어보고 있을 때, 분대의 분위기와 어울리지 않는 여성의 목소리가 교실 내에 울려 퍼졌다.

"야! 벨드 어디 있어?!"

갑작스러운 부름에 고개를 돌리자 교실의 입구에 씩씩대고 있는 한 여자 생도가 보였다. 화사한 금발을 땋아 옆으로 내린 익숙한 얼굴. 바로 크리스였다.

"크, 크리스?"

졸업반 생도들은 그녀를 잘 아는지 술렁거리기 시작했다.

"미케닉 학부의 크리스티나다!"

"여긴 무슨 일이지? 베르난드와 아는 사이인가?"

"혹시 베르난드가 크리스티나의 숨겨놓은 남자 친구?"

주변의 술렁임이 익숙한지 개의치 않은 그녀는 벨드의 바로 앞까지 씩씩하게 걸어왔다.

"너, 잠깐 나랑 이야기 좀 하자."

"응? 갑자기 왜?"

"조용히 이야기할 게 있으니까 어서 나와!"

"으, 응."

영문을 알 수 없는 벨드는 호기심 충만한 동기들의 시선을 한 몸에 받으며 교실을 나올 수밖에 없었다.

건물 뒤편까지 벨드를 데리고 나온 크리스가 주변을 살폈다. 아무도 보이지 않자 눈을 치켜뜨며 벨드를 벽으로 몰아쳤다.

"너 제정신이야? '앨리 나이츠' 씨!"

벨드는 무슨 이야기인지 알 수 없었기에 애매한 표정을 지을 수밖에 없었다.

"앨리 나이츠? 그게 뭔데? 난 들어본 적도 없는걸."

"갑자기 나타나 불량배 네 명을 때려눕히고 위험에 처한 미케닉 학부의 여생도를 구해낸 정의의 사도란다!"

그제야 무슨 이야기인지 눈치챈 벨드가 식은땀을 흘렸다.

"그, 그게 나인 줄 어떻게 알았냐?"

"누굴 멍청이로 아냐? 순은의 투구에 푸른 수술이 달린 아머가 또 있을 것 같아? 게다가 왜 투구만 소환하고 교복을 입고 있었냐고!"

"그, 그거야 얼굴을 보여주면 안 될 것 같아서… 나름 고민을 좀 한 거야."

크리스는 지끈거리는 자신의 이마를 매만졌다.

"야, 이 멍청아! 미케닉 학부생들은 대부분의 룬아머에 대해서는 다 알고 있다고! 지금 새로운 타입의 룬아머를 걸치고 나타난 정의의 사도라면서 난리가 났거든? 좀 조심할 수 없니?"

"하지만 위기에 빠져 있는 사람을 그냥 못 본 척 지나칠 수는 없잖아. 내가 한 일에 대해서는 한 치도 후회 없거든?"

"아무튼 남자들이란! 영웅 행세하고 싶어서는……."

"그런 게 아니라고. 난 그냥……."

길을 잃었을 뿐이라고 이야기하고 싶었지만 더한 잔소리가 추가될 듯하여 애써 목구멍 안으로 꾹 삼켰다.

"넌 그냥 뭐?"

"아냐, 아무것도."

"아무튼 아카데미에서 처신 잘해! 의심받지 않도록!"

"알았어."

벨드의 확답을 받아내고 있을 때, 수업 시작을 알리는 종소리가 아카데미 전역에 울려 퍼졌다.

데엥! 데엥!

"나머지 이야기는 방과 후에 길드에서 해!

"아직도 더 남았냐?'

"당연하지!"

더 이상 잔소리를 할 수 없었던 크리스가 휙 몸을 돌렸고, 벨드는 죽다 살아난 기분으로 깊은 한숨을 내쉬었다.

교실로 돌아오자 모든 생도들이 벨드의 얼굴에 주목되었다.

남들보다 머리 하나는 더 키가 큰 로렌이 가장 끝자리에서 손짓으로 벨드를 불렀다.

"이쪽으로 와, 벨드!"

옆자리를 마련해 놓은 로렌이 두 눈을 빛내며 물었다.

"너, 크리스티나와 친하냐?"

"웅? 그냥 뭐. 그나저나 너는 크리스를 어떻게 알지? 학부도 전혀 다르면서."

그의 앞에 앉아 있던 페트릭이 땋은 머리를 휘두르며 고개를 돌렸다.

"이 자식, 크리스티나 양을 크리스라는 애칭으로 부르는 사이야?'

두 눈을 끔뻑인 벨드는 이들이 흥분하는 이유를 알 수가 없었다.

"그냥 주변 사람들은 크리스라고 부른다고. 대체 왜 그러는 거야?"

"크리스티나 양은 룬아머러 아카데미의 4대 미녀 중 한 명이라고! 친구들과 잘 어울리지도 않아서 베일에 가려진 신비감을 풀풀 풍기는 게 그녀의 매력이지!"

그제야 무슨 이야기인지 알아들은 벨드가 나직한 한숨을 내쉬었다.

"하아! 그래, 그 베일이 벗겨지지 않았으면 좋겠다."

"웅? 무슨 소리야?"

"아무것도 아니야."

차마 자기중심적 욕쟁이라고 말할 수 없던 벨드는 다 하지 못한 말을 삼켰다.

그들이 잡담을 나누는 사이 교실 문이 열리며 꾸부정한 백발의 노인이 들어왔다.

"분대원 일동 주목! 구스타프 교수님께 경례!"

"Hen dus Vict!"

구스타프라는 이름의 교수는 생도들의 경례 소리에 인상을 찡그렸다. 강의 탁자에 두꺼운 책을 내려놓은 그는 안경을 손가락으로 치켜 올리며 말했다.

"자네들의 경례 소리가 너무 크군. 이 나이가 되면 외부 자극에 민감해지지. 그러니 앞으로는 경례는 생략하도록 해주게나."

"예, 교수님!"

입을 맞추어 대답하자 그 소리마저도 구스타프의 귀에 자극이 된 듯했다.

"대답도 하지 않아도 좋네. 어차피 내 수업은 들을 사람만 듣는 수업이니까. 훈련 때문에 피곤해 졸더라도 상관하지 않을 테니 편할 대로. 오늘은 지형 전술에 대한 수업을 진행하도록 하지. 지형 전술이란 지형, 또는 주변 환경이 전투에 미치는 영향에 대한 총괄적인 개념으로……."

하이져와는 다르게 딱딱한 교수가 아니었는지 다들 익숙한 태도로 하나둘 그 자리에 엎드리기 시작했다.

로렌이 작은 목소리로 속삭였다.

"구스타프 교수님의 수업은 다들 잠자는 시간이라고 생각한다고. 어차피 실전에서는 마도력 수업이나 병장 기술 수업이 더 중요하니까. 너도 오후에 있을 수업에 대비해서 눈이나 좀 붙여둬. 하이져 교수님의 수업은 정말 장난이 아니니까."

그렇게 말하곤 로렌 역시 익숙한 자세로 책상 위에 엎드렸다. 하지만 벨드의 관심사는 남다른 듯했다.

청동 날개에서 헥터에게 훈련을 받을 때에도 전술 이론에 대해 큰 관심을 가지고 있었는데, 중, 대규모의 전투에서 필

수 불가결한 조건이기 때문이다.

　열 명의 병력으로 백 명의 전력을 만들어내는 매력에 빠져 있는 것이다. 벨드의 눈과 귀는 구스타프의 강의 내용에 빠져들고 있었다.

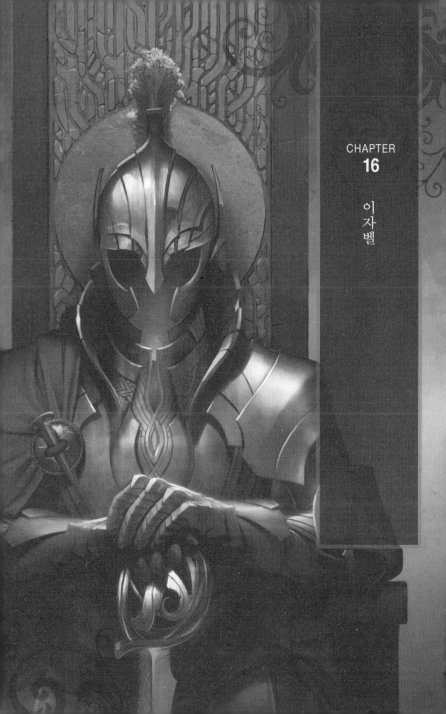

CHAPTER
16

이
자
벨

Master of Fragments

종이 울리자 각 레벨의 생도들이 건물 밖으로 쏟아지듯 몰려나왔다.

오전 수업을 끝내고 점심 식사 시간이 찾아온 것이다. 황립 룬아머러 아카데미는 넓었지만, 생도 수가 총 2,000명 남짓이었기에 식당은 각 학부별로 하나씩 총 두 개였다.

기지개를 쭉 펴며 찌뿌드드한 몸을 이리저리 움직이던 로렌이 벨드를 보며 말했다.

"너, 수업 시간에 잘 버티던데?"

"응? 뭐가?"

"구스타프 교수님의 수업은 엄청난 수면 마법이라고. 다들 마법사가 아닌지 의심할 정도인데 넌 전혀 졸지 않았잖아."

벨드는 피식 웃었다.

"난 잘 모르겠다. 상당히 유익하고 재미있던데?"

"이상한 녀석. 하긴, 그렇게 공부하니 우등생으로 황립 아카데미에 편입할 수 있었겠지."

옆에서 함께 걷던 펠릭스가 물었다.

"오늘은 당연히 미케닉 학부 식당으로 가야겠지?"

아카데미의 구조를 떠올려 보던 벨드는 미케닉 학부의 식당이 룬아머러 학부 졸업반 건물과 정반대 쪽에 있음을 알 수 있었다.

"여기에서 거기까지 갈 만큼 점심 메뉴가 좋냐?"

벨드의 물음에 클로아가 한심하다는 표정으로 말했다.

"이 녀석들은 딴생각이 있어서 그러는 거야."

"딴생각이라니?"

"미케닉 학부에는 여자 생도들이 많으니까. 신입 생도들 구경하러 능글맞은 남자 녀석들이 미케닉 학부의 식당으로 몰려갈걸."

"하핫! 난 또 뭐라고……."

벨드의 반응에 펠릭스가 이마에 힘줄을 세우며 외쳤다.

"뭐야, 비웃는 거냐? 크리스티나 양과 친하다고 다른 여생도는 눈에 안 들어온다는 거지?"

"그런 게 아니라… 그냥 여자한테 별 관심이 없거든."

대화를 듣던 클로아가 짐짓 심각한 얼굴이 되었다.

"너, 뭔가 문제가 있는 건 아니지?"

"문제? 무슨 문제?"

클로아의 물음을 벨드가 이해하지 못하자 로렌과 펠릭스가 킥킥거리며 웃었다.

벨드는 끝내 클로아의 질문을 이해할 수 없었다. 클로아가 머리 하나가 더 큰 벨드의 목을 뛰어올라 감으며 웃었다.

"벨드 이 녀석, 순진한 구석이 더 귀여운걸. 이 누님이 귀여워해 주마."

"크, 클로아! 이러지 말라고!"

하지만 클로아는 반항하는 벨드가 더 귀여운지 그만둘 생각이 전혀 없어 보였다.

어느새 네 명은 벽돌로 지어진 미케닉 학부의 식당에 도착했다.

이미 수많은 생도들이 식당을 가득 채우고 있었는데, 아직 쌀쌀한 날씨였지만 체온으로 인해 실내가 후끈하게 데워져 있을 정도였다.

"역시 미케닉 학부 식당은 공기부터 다르구나. 룬아머러 학부 식당은 정말 퀴퀴한 남자 냄새밖에 없는데……. 고작 한

명 있는 여자가 이 선머슴 같은 클로아라니!'

로렌의 한탄에 펠릭스 역시 맞장구쳤다.

"그러게 말이다. 나도 그냥 미케닉이나 될 걸 그랬다. 요즘
처럼 둔켈들이 날뛰는 날이 올지는 몰랐거든. 하아!'

그들이 한탄에 빠져 있을 때 벨드는 조금 다른 불편을 겪고
있었는데, 여기저기에서 쏟아지는 여자 생도들의 시선이 부
담스러웠던 것이다.

"야야, 어서 밥이나 먹자."

벨드가 친구들을 다그쳤지만 너무나 긴 줄로 인해 배식 받
는 것이 쉽지 않아 보였다.

이미 그들과 같은 불온한(?) 생각을 가진 룬아머러 학부 생
도들로 미케닉 학부의 식당이 가득 차 있었기 때문이다.

"이것 참, 이러지도 저러지도 못하겠군."

벨드가 걸음을 돌리려고 할 때 키가 큰 로렌이 저 멀리서
뭔가 발견한 듯 소리쳤다.

"저길 봐! 하급생 녀석들이 몰려 있는데?"

상대적으로 키가 작은 펠릭스가 로렌의 어깨를 손으로 딛
고 올라섰다.

"호오! 이번 신입생 중에 예쁜 애가 있나 본데? 그러니 다
들 모여서 웅성거리는 거겠지?"

"먹이가 있는 곳에 새들이 몰리는 거지, 뭐. 우리도 한번

구경해 볼까?'

벨드는 관심 없다는 듯 배식 줄에 그대로 서 있었다.

"다녀와라. 난 배고파서 밥이나 먹어야겠다."

"역시 우리 벨드는 다르다니까!"

클로아가 벨드의 팔짱을 끼며 편을 들자 펠릭스와 로렌은 식은땀을 흘렸다.

"언제부터 너의 벨드가 된 거냐?"

"벨드, 너도 어서 따라와! 지금 너한테 가장 위험한 곳이 클로아 옆이니까!"

그렇게 말한 로렌은 급히 클로아에게서 빼앗듯 벨드의 손을 끌어당겼다.

소란스러운 장소에는 하급생에서부터 중급생에 이르기까지 다양한 견장을 붙이고 있는 생도들이 모여 있었다.

키가 가장 큰 덕에 모여 있는 생도들 뒤에서도 볼 수 있는 로렌이 탄성을 내질렀다.

"우와! 이거 대단한 사건이군."

키가 작은 펠릭스가 그의 등에 매달리다시피 하며 뛰어올랐다.

"뭔데? 그렇게 예쁜 애야?"

"크리스티나도 예쁘지만 쟤는 거의 여신님인걸."

"어디, 어디? 나도 좀 보여 달라고!"

그곳에는 식사 중인 한 소녀가 있었다. 투명하리만치 하얀 피부에 부드러우면서도 또렷한 이목구비를 가진 미녀였다.

가슴 떨리게 만드는 그녀를 보며 남자 생도들은 멍한 얼굴을 하고 있다. 교복에 견장이 붙지 않은 것으로 보아 신입생임을 알 수 있었다.

"저리 비켜봐!"

감히 말을 붙이지 못하고 있는 남자 생도들 사이를 헤치며 다섯 개의 견장을 어깨에 붙이고 있는 한 남자 생도가 일단의 무리를 이끌고 나섰다.

제법 잘생긴 얼굴이었지만 날카로운 눈매와 얄팍한 입술이 눈에 거슬렸다.

그는 거만한 얼굴로 식사 중인 소녀를 내려다보았다.

"안녕? 황립 룬아머러 아카데미 입학을 축하한다. 나는 레벨 5의 에드워드 폰 힐라드라고 한다. 네 이름은 뭐지?"

에드워드라고 자기소개를 한 생도가 물었지만, 소녀는 아무런 대답 없이 식사만 할 뿐이다.

"어이!"

한 번 더 불렀음에도 그녀의 태도가 변하지 않자 에드워드의 눈매가 씰룩거렸다.

"이봐, 물어봤으면 대답은 해야 할 거 아냐?"

소녀는 그제야 고개를 들었다. 그녀의 맑고 검은 눈동자를 마주 본 에드워드는 잠시 할 말을 잃었다. 하지만 금세 정신을 차린 그는 씩씩거리며 말했다.

"이익, 이 기집애가! 얼굴 좀 반반하게 생겼다고 사람 무시하는 거냐!"

하지만 소녀는 역시나 대답 없이 순수한 얼굴을 하고는 눈만 깜빡거렸다. 결국 화를 참지 못한 에드워드는 그녀의 식판을 손으로 쳐냈다.

와장창!

"너, 내가 누구인지 알고 있는 거야?!"

그의 윽박지름에 주변 생도들은 너무한다 싶었는지 얼굴을 찌푸리고 있다.

그러나 아무도 선뜻 나서는 이는 없었다. 생도들 뒤에서 상황을 지켜보던 벨드는 연약한 소녀에게 시비를 걸고 있는 에드워드에게 은근한 분노를 느꼈다.

"치잇! 저 에드워드라는 녀석은 왜 저 소녀를 괴롭히는 거지? 내가 뭐라고 좀 해야겠어."

벨드가 소녀를 돕기 위해 나서려는 찰나, 로렌이 그의 어깨를 잡았다.

"워워! 참아라, 벨드."

"왜 그러는데?"

로렌의 손에 힘이 들어가 있는 것으로 보아 그 역시 이 상황에 분노하고 있음을 알 수 있었다.

"저 녀석, 힐라드 백작가의 장남이다. 괜히 끼어들었다가는 더 일이 복잡해질 거야."

"힐라드 백작가?"

"넌 잘 모를 거다. 황제 폐하의 친척 가문이야. 그리고 황립 룬아머러 아카데미의 후원 가문 중 하나지. 힐라드 백작이 저 녀석을 워낙 애지중지해서 저렇게 망나니짓을 해도 아무도 말리지 못하는 거야. 진급에 어떤 불이익을 당할지 모르니까."

벨드가 주변의 생도들을 둘러보았다. 역시 에드워드 패거리를 제외하고는 다들 분노를 느끼고 있는 듯했지만 감히 끼어들지는 못하고 있었다.

"그래도 이건 아닌 것 같다. 난 그냥 참을 만한 성격이 아니라서."

결국 벨드는 로렌의 손을 뿌리치며 앞으로 나섰다.

"이봐, 이제 그만 하는 게 어때?"

등 뒤에서 들려오는 목소리에 에드워드가 움직임을 멈추었다.

황립 룬아머러 아카데미에 입학한 이후 그 누구도 자신의 행사를 거슬린 이가 없었는데 지금 그런 일이 생긴 것이다.

"이건 또 뭐야?"

고개를 돌려보니 검고 긴 머리를 뒤로 묶은 예쁘장한 남자 생도가 서 있다. 어깨를 보니 견장이 붙어 있지 않았기에 그는 코웃음을 쳤다.

"후훗! 오늘 신입생들이 나를 여러모로 열 받게 만드는군. 황립 룬아머러 아카데미에 입학했다고 눈에 보이는 게 없는 모양이지?"

에드워드가 눈으로 신호를 보내자 그의 뒤에 서 있던 다섯 명의 생도가 벨드를 둘러쌌다. 그중 건장한 덩치의 한 생도가 앞으로 나섰다.

"이봐, 신입생. 괜히 상관하지 말고 좋은 말로 할 때 물러서라."

묵묵히 그들을 바라보던 벨드의 몸이 흩어지듯 사라졌다.

휘익!

공기가 흔들리는가 싶더니 그들의 눈앞에서 사라졌는데 어느새 다섯 명의 생도를 지나쳐 겁먹은 얼굴을 하고 있는 소녀의 앞에 서 있다.

"어, 어느새?!"

그 자리에 벨드의 움직임을 확실히 본 사람은 단 한 명도 없었다. 벨드는 바닥에 떨어진 식기를 주우며 걱정스러운 얼굴로 소녀를 향해 물었다.

"식사하는데 방해꾼이 나타나서 많이 놀랐지?"

벨드가 물었지만 소녀는 역시 아무런 대답을 하지 않았다. 그녀는 자신의 귀를 가리키며 고개를 저었다.

그제야 벨드는 그녀의 귀가 들리지 않는다는 사실을 깨달을 수 있었다.

"아! 귀가 안 들리는가 보구나? 그러니 저 녀석이 고래고래 소리를 질러도 못 들었군."

그녀는 벨드의 입모양을 읽었는지 고개를 끄덕였다. 고개를 돌려 에드워드를 바라본 벨드가 말했다.

"자, 봤지? 이 아이는 귀가 안 들려. 널 무시한 게 아니라고. 그러니 이제 그만 괴롭히고 돌아가는 게 어때?"

동기들을 둘러본 에드워드는 그대로 물러나기엔 기분이 상했는지 비아냥거리며 말했다.

"뭐야? 귀머거리 병신 년이었군. 하긴 그러니 이 에드워드 님께서 관심을 가져줘도 아무런 반응이 없었지. 난 또 대단한 아가씨인가 했지 뭐야! 하하하!"

벨드는 표정을 싸늘하게 굳혔다.

"말이 좀 지나친 것 같군."

"하하하! 뭐 어때? 어차피 들리지도 않는데 말이야."

"이 자식이!"

분노가 치민 벨드가 몸을 움직이려 할 때, 부드러운 손이 그의 손을 잡았다.

'난 괜찮으니 참아요.'

분명 귀를 통해 들리는 소리가 아니었다. 하지만 마음속으로 전해지는 또렷한 여성의 목소리. 그에 놀라 뒤를 돌아보니 소녀가 자신의 손을 잡고 있다.

'네, 저예요. 듣지 못하고 말도 못하지만, 이렇게 심언(心言)으로 의사소통은 할 수 있어요.'

'아, 그렇구나.'

벨드가 엘락과 대화하듯 대답하자 오히려 놀란 것은 소녀였다.

'심언을 어떻게 할 수 있는 거죠?'

'아, 이걸 심언이라고 하는구나? 후훗, 이렇게 대화하는 친구가 하나 더 있어서 말이야.'

그들이 심언으로 몇 마디의 대화를 나누고 있을 때 에드워드가 소리를 질렀다.

"뭐야? 덤비기라도 할 듯이 소리를 지르더니 무슨 생각을 하고 있는 거야? 겁이라도 처먹은 건가?"

벨드는 에드워드의 태도에 여전히 화가 났지만 소녀가 원치 않았기에 한숨을 내쉬며 고개를 내저었다.

"아니다. 이 정도에서 그만 하자."

"어이가 없군. 네가 그만 하자고 해서 그만 둘 수 있을 거라고 생각한 거냐? 이 선배님은 심기가 대단히 불편해졌단 말이다! 애들아, 저 녀석 버릇 좀 고쳐줘라."

에드워드와 그의 다섯 동기들이 주먹을 쥐며 벨드의 주변을 둘러쌌다.

얼굴을 딱딱하게 굳힌 벨드가 그들을 둘러보며 나직한 목소리로 말했다.

"정말 해보자는 거냐?"

언제 터질지 모를 긴장감이 흐르고 있을 때, 누군가 그들의 사이에 뛰어들었다.

짧은 갈색 머리에 단단한 인상을 가진 데니언이었다. 그는 양편을 번갈아 보며 낮은 목소리로 말했다.

"무슨 일인 거냐?"

그가 나타나자 몸을 움츠리고 있던 소녀가 데니언의 곁으로 달려가 그의 손을 잡았다.

그녀는 심언으로 데니언에게 자초지종을 설명하는 듯했다. 데니언의 표정이 싸늘하게 변했다.

"걱정되어서 와보니 생각대로군. 물러나 있거라, 이자벨."

이자벨이라고 불린 소녀가 뒤로 떨어지자 냉랭한 목소리로 에드워드를 향해 외쳤다.

"에드워드, 감히 내 동생에게 시비를 걸었던 거냐?"

데니언의 강압적인 눈동자를 본 에드워드의 얼굴이 잠시 움츠러들었다.

힐라드 백작가의 장남이라는 배경을 가지고 있지만 데니언의 강함은 이미 아카데미 내에 유명했기에 겁먹지 않을 수 없었다.

하지만 많은 생도들 앞에서 자존심을 구길 수 없던 그는 원래의 거만한 표정을 되찾았다.

"난 또 누구라고. 레벨 6의 데니언 선배 아니십니까? 그 벙어리가 선배 동생이었습니까? 얼굴이 반반해서 조금 친해져볼까 했는데 벙어리라니 아쉽군요."

자신의 배경을 무시하지 못할 것이라는 믿음으로 강하게 밀어붙이자 데니언의 눈빛이 더욱 낮게 깔렸다.

"다시 한 번 말해봐라."

데니언의 조용하고 무거운 분노를 깨닫지 못한 에드워드가 다시 한 번 또박또박 말했다.

"하핫! 아무리 예뻐도 벙어리라면 곤란하죠. 그러니 저는 관심을 끊겠습니다."

결국 인내의 한계를 느낀 데니언이 마도력을 끌어올리며 에드워드의 얼굴에 주먹을 날리려 했다.

"그 주둥이를 다시는 함부로 못 놀리게 만들어주겠다!"

하지만 그보다 더 빠르게 움직이는 그림자가 있었는데, 순식간에 데니언을 추월해 에드워드의 바로 앞까지 파고들어 복부 한복판에 멋들어지게 주먹을 한 방을 꽂아 넣는다.

뻐억!

"커억!"

에드워드의 허리가 크게 굽어지며 그 자리에 무릎을 꿇었다. 그 앞에 벨드가 씩씩거리며 서 있다.

"정말 보자보자 하니까 눈 뜨고는 못 볼 인간 말종이군. 뭐이딴 자식이 있지?"

데니언을 바라본 벨드가 말했다.

"데니언 선배, 이 무례한 자식들은 저희가 따끔하게 혼내줄 테니 동생을 데리고 나가세요."

전혀 생각지 못한 상황 전개에 멀뚱멀뚱 벨드를 바라본 데니언이 물었다.

"너, 넌 갑자기 왜 끼어든 거냐?"

"옆에서 보고 있자니 열 받아서요. 저도 한 성깔 한다고요."

"으음, 보기와는 전혀 딴판이군."

"그런 말은 자주 듣죠. 계속 그렇게 계실 겁니까? 분위기가 험악해지면 이자벨이 위험하다고요. 데리고 여기서 나가세요."

겁먹은 얼굴을 하고 있는 이자벨을 바라본 그가 고개를 끄덕였다.

"괜찮겠냐?"

"이런 자식들은 얼마든지 와도 자신 있어요. 너무 심하게 하지는 않을 테니 걱정 마세요."

"흐음, 어쩔 수 없군. 그럼 뒤를 부탁한다."

동생 이자벨 앞에서 폭력적인 자신의 모습을 보이지 않아 다행이라고 생각한 데니언은 벨드의 말을 받아들이기로 했다.

그는 뒤에 서 있던 이자벨을 번쩍 안고는 가볍게 뛰어올라 식당을 벗어났다.

"헤엑, 헤엑!"

겨우 호흡을 되찾은 에드워드가 신경질적으로 외쳤다.

"뭘 멀뚱하게 보고만 있는 거야! 저 녀석을 혼내주라고!"

에드워드의 다그침에 동기들이 흉흉하게 마도력을 끌어올리며 벨드에게 덤벼들었다.

"각오해라! 애송이 녀석!"

맹렬하게 주먹과 발차기가 날아왔다. 위기의 상황임에도 차분한 얼굴의 벨드는 다섯 방향에서 다가오는 공격을 차근차근 방어해 나가기 시작했다.

퍼억! 퍽퍽!

얽히고설키는 격렬한 공방이 이어졌다. 결국 우려했던 일이 벌어지자 뒤에서 구경하던 로렌이 중얼거렸다.

"야, 펠릭스, 기왕 이렇게 됐는데 우리도 좀 도와줘야 하지

않을까?'

펠릭스는 어쩔 수 없다는 듯 어깨를 으쓱거렸다.

"에휴, 벨드 저 녀석, 첫날부터 사고를 제대로 치는군. 뭐, 예의 없는 후배 녀석들을 보고만 있을 수는 없지. 선배로서 버릇을 단단히 고쳐줘야겠군. 그럼 나 먼저 간다."

그렇게 말 한마디 툭 던진 펠릭스가 마도력을 끌어올리며 격투의 한복판으로 몸을 날렸다.

로렌 역시 그에게 질 수 없다는 듯 마도력을 끌어올렸다.

"방학 동안에 얌전히 지내느라 몸이 찌뿌드드했는데 마침 잘되었다!"

로렌의 신형이 길어지는 듯 보이더니 어느새 에드워드 패거리 사이로 파고들었다.

그와 동시에 벨드에게 덤벼들고 있던 후배 생도 한 명이 요란한 소리를 내며 식당 저 끝으로 나가떨어졌다.

실없이 보이는 로렌과 펠릭스였지만 치열한 경쟁을 거친 레벨 6의 생도였던 것이다.

"으윽!"

"크윽! 강하다!"

둘이 가세하자 힘의 차이는 확연했는데, 몇 번의 공격만으로 레벨 5의 후배 생도들은 통증을 호소하며 바닥에 나뒹굴어야만 했다.

언뜻 보기에도 크게 다친 이들은 없었는데, 그 와중에도 치명적인 급소는 피하여 가격했던 것이다.

주변을 둘러보며 상황이 끝났음을 확인한 벨드가 로렌과 펠릭스를 보며 씨익 웃어주었다.

"도와줘서 고맙다."

로렌이 손을 탁탁 털며 피식 웃었다.

"뭘, 어차피 혼자서도 상대할 수 있을 것 같던데. 솔직히 좀 놀랐다."

펠릭스 역시 동의했다.

"그러게. 혼자 나설 때 뭔가 믿는 구석이 있을 거라고 생각은 했지만 몸놀림이 장난이 아니더군."

"너무 띄우지 마라."

그들이 몇 마디 나누고 있을 때, 에드워드가 믿기지 않는다는 표정으로 쓰러져 신음하고 있는 동기생들을 둘러보았다. 그의 귀에 주변의 웅성거림이 들렸다.

"에드워드 자식, 집안 믿고 까불더니 잘됐군. 저런 녀석은 제대로 혼나봐야 해."

"그러게 말이야. 내 속이 다 시원하군. 역시 레벨 6의 선배들은 멋진걸. 다시 봐야겠어."

"하지만 조금 걱정이다. 저 에드워드 자식, 치사하게 아버지한테 일러바치겠지?"

지금까지 자신 앞에서 눈조차 마주치지 못하던 생도들이 기다렸다는 듯 비난을 던지자 에드워드는 깊은 모멸감을 느꼈다.

몸을 부들부들 떨며 주변을 둘러본 에드워드는 이빨을 꽉 깨물며 외쳤다.

"가, 감히 나를 건들이다니! 이 자식들, 어디 두고 보자! 오늘 일을 두고두고 후회하게 만들어줄 테니까!"

힘겹게 몸을 일으킨 그는 동기 하나를 신경질적으로 발로 찼다.

"아무짝에도 쓸모없는 녀석들!"

증오가 담긴 눈빛을 벨드와 일행에게 남기더니 비틀거리며 식당을 빠져나갔다. 벨드는 안타까운 얼굴로 에드워드의 뒷모습을 지켜봤다.

"뼛속까지 뒤틀린 녀석인가 보군. 전혀 자신의 잘못을 인정하지 않다니 말이야."

지금까지의 상황을 뒤에서 지켜보기만 하던 클로아가 벨드와 동기들을 향해 외쳤다.

"얌마! 어쩌자고 저 녀석을 건들인 거야?"

로렌은 어쩔 수 없었다는 듯 벨드를 가리키며 말했다.

"너의 벨드가 먼저 뛰어든 거라고. 우리는 의리상 보고만 있을 수 없었던 거야."

"클로아 너, 긴장해야겠더라. 이 녀석, 그 예쁜 신입생과 손잡았다고! 그 신입생 아주 적극적이던데? 이자벨이라고 했던가? 데니언 선배의 여동생 같던데 정말 믿기지 않아."

로렌 역시 펠릭스와 같은 생각인 듯했다.

"그러게 말이야. 조금만 더 크면 엄청난 미녀가 되겠던데? 그렇지, 벨드?"

클로아가 쏘아보자 뭐라 대답하기 난처했던 벨드는 자신의 배를 쓰다듬으며 대답을 회피했다.

"나 배고파 죽겠다. 우선 식사 좀 하면 안 될까?"

"그래, 늦기 전에 밥 먹어야지!"

다행스럽게 로렌이 거들어줌으로써 클로아의 추궁을 피할 수 있었다. 하지만 벨드는 왜 자신이 클로아에게 추궁을 당해야 하는지 스스로에게 의문을 던지고 있었다.

음
모

Master of Fragments

청동 날개의 미케닉실 문이 열리자 후끈한 열기가 뿜어져 나왔다.

피곤한 얼굴의 크리스가 가방을 입구 근처에 던져놓았다. 미케닉실에는 망치질 소리가 시끄러웠지만, 크리스에게는 너무나 친숙하고 반가운 소리였다.

"페이튼 아저씨, 다녀왔어요!"

보안경을 벗은 페이튼이 땀을 닦아내며 손을 흔들었다.

"오늘도 오전 수업만 하고 온 게냐?"

"네, 요즘 할일도 많은데다가 불필요한 수업이라서요. 시험만 잘 보면 되죠. 오늘은 좀 어때요?"

"흠, 전선에서 수리할 파츠를 많이 보내왔다. 대부분은 간단한 마법진 복원이면 될 듯한데 완파된 파츠가 세 개야."

"흐음, 생각보다는 양호하네요. 그래도 요즘 현자의 탑 녀석들이 일을 빠르게 처리해 줘서 다행이에요."

이어서 카일이 확대경을 눈에서 떼어냈다.

"크리스 스승님, 역시 오늘도 일찍 왔네?"

"어, 일이 많으니까."

"혹시 아카데미에서 벨드는 봤어?"

"에휴, 말도 마라. 벨드 때문에 신경 쓰이는 게 이만저만이 아니야."

"왜, 무슨 일이 있었어? 혹시 예쁜 미녀 생도들과 시시덕거리는 걸 본 거야? 나만 빼놓고?"

"뭐라는 거야! 이 녀석이나 저 녀석이나……."

크리스가 한심하다는 얼굴로 바라보았지만 카일은 전혀 신경 쓰지 않았다.

"아, 그보다 물어볼 게 있어, 스승님."

카일의 곁으로 다가온 크리스가 작업대에 놓인 파츠를 내려다보았다.

"뭔데?"

"이 마법진을 좀 봐줘."

"응."

"여기가 스승님이 설계한 마법진이고, 여기 알 수 없는 도형이 마도력 증폭을 맡고 있는 마나 코어(Mana Core) 맞지?"

유심히 카일이 손가락으로 가리키고 있는 마법진을 보던 크리스가 고개를 끄덕였다.

"맞아. 마나 코어에서 증폭된 마도력을 인도해서 대지의 기운을 끌어올리고 발현하는 마법진이야."

"그 마나 코어 말인데… 왜 일반 룬 언어를 사용하지 않고 이 이상한 문자를 사용한 거지? 복구에 편리하게 룬 언어를 그대로 사용했으면 좋을 텐데."

"그 부분은 변조된 룬 언어야. 현자의 탑 마법사들이 자신들만의 룬 언어 조합을 남들이 알 수 없게 변조시킨 거야. 그래야만 자신들의 마나 코어 설계를 보호할 수 있으니까."

"만약 마나 코어를 해독 가능하다면?"

"그럼 현자의 탑에 마법진 안착 의뢰를 할 필요가 없지. 마법진을 새기는 인스톨러(Installer)만 있으면 얼마든지 룬아머를 만들 수 있다고."

볼을 긁적거리던 카일이 크리스의 눈치를 살피며 말했다.

"나, 아무래도 이 변조된 룬 언어를 복조할 수 있을 것 같아."

크리스는 그렇지 않아도 사슴처럼 큰 눈을 더 휘둥그렇게 떴다. 작업 중이던 페이튼까지 일손을 놓고 다가왔다.

"흐음? 카일 이 녀석이 뭘 잘못 먹었나? 지금까지 수많은 미케닉이 이 변조된 룬 언어를 해독하려고 노력했는데 실패한 걸 네가 그것을 해독할 수 있다는 말이냐?"

크리스가 하고자 하던 말을 페이튼이 대신 해주자 카일을 바라보며 대답을 기다렸다.

"아직 확실한 건 아니에요. 제가 어려서부터 암호 해독에 대한 교육을 받은 적이 있거든요. 제가 원한 건 아니지만 할아버지와 아버지께서 워낙 닦달을 해서……."

"엥? 왜 그런 교육을 받는 거지?"

"두 분께서 워낙 중요한 기밀을 다루는 일을 하시다 보니 수많은 암호 해독법을 배우고 훈련하셨던 거죠."

"호오, 두 분이 다른 나라의 첩자라도 되나?"

"그런 건 아니에요. 어쨌든 중요한 건 그게 아니죠."

"뭐, 어쨌든 설명을 해보아라."

"이 변조된 룬 언어도 일종의 대칭 암호화를 통해 변조된 것으로 보이는데, 현자의 탑에 있는 마법사들이 모두 공용으로 쓸 수 있는 키(Key)가 있을 것이라는 가정을 세웠어요."

팔짱을 끼고 서 있던 크리스가 카일의 설명에 모든 신경을 집중한다.

"그리고?"

"이 변조된 룬 언어, 아니 룬 언어라고 할 수 없지. 이것은 변형된 고대의 '콜롬베 문자' 니까."

"콜롬베 문자?"

"고대에 새를 신앙으로 삼고 있는 부족이 만든 문자야. 그 것을 단순화시킨 알파벳을 나열한 것이지. 아는 사람이 거의 없어서 문자를 암호화하는 데 간혹 쓰이곤 하거든."

크리스와 페이튼이 진지하게 귀를 기울이고 있는 모습을 본 카일이 설명을 이어갔다.

"룬 언어가 총 몇 개의 알파벳을 가지고 있지?"

"108개."

"응, 콜롬베 문자 역시 108개의 알파벳을 가지고 있어. 대 신 읽는 방법이 룬 언어와 전혀 달라서 콜롬베 문자를 안다고 해도 이건 아무런 의미를 갖지 않아. 대신 룬 언어와 콜롬베 문자의 알파벳을 순서로 대칭시키면……."

크리스가 놀라며 손뼉을 쳤다.

"변조된 룬 언어를 읽을 수 있다는 말이구나?!"

"그렇지!"

"너, 콜롬베 문자를 읽을 수 있니?"

카일은 고개를 절레절레 흔들었다.

"아니. 워낙 어렸을 때 잠깐 본 거라 기억 못해. 난 벨드만 큼 기억력이 좋지는 않거든. 하지만 고서점이나 황립 도서관에 가면 콜롬베 문자에 대한 책이 있을걸."

"그러 지금 당장 찾으러 가보자!"

"지금 당장?"

"뭘 망설이는데? 현자의 탑에서 변조한 룬 언어만 읽을 수 있으면 녀석들의 마나 코어를 해석하고 복사할 수 있다고! 그렇게 되면 더 이상 마법진 설치를 녀석들에게 맡길 필요가 없다는 거야!"

"아, 듣고 보니 그렇군."

"뭐 해, 어서 옷 입지 않고?"

"으응!"

카일은 벽에 걸린 외투를 걸치며 앞장서고 있는 크리스를 뒤따랐다. 늘 느끼는 것이지만 타고난 추진력을 가진 그녀였다.

*　　　*　　　*

크리스와 카일은 발로인 헤럴 가(街)의 고서적 거리를 뒤지고 있었다.

대부분은 인쇄 기법이 발명된 아크럴 시대 이후의 서적들이지만, 운이 좋다면 그 이전의 필사(筆寫) 서적을 구할 수 있을 만큼 다양한 책을 판매하는 곳이다.

바람이 불어오자 오래된 책 냄새가 코를 파고들었다. 오밀조밀하게 모여 있는 고서적 가게들은 아직도 쌀쌀한 날씨 탓에 사람이 그리 많지 않았기에 크리스와 카일은 움직이는 데 큰 어려움이 없었다.

'알레스 부쉐'라는 작은 서점을 기웃거리던 카일이 매장 앞 의자에 앉아 햇살을 쬐고 있는 주인에게 물었다.

"아저씨, 혹시 콜롬베 문자에 대한 책이 있나요?"

턱살이 두둑하게 잡힌 서점 주인은 난처한 표정을 지었다.

"흐음, 콜롬베 문자라……. 특이한 것을 찾는군. 한 권 가지고 있었는데, 몇 년 전쯤 누군가 사간 기억이 있다. 워낙 찾는 사람이 없는 책이라서 헐값에 넘긴 기억이 나는군. 아마 다른 곳에서는 쉽게 찾을 수 있지 않을까?"

"아, 네, 감사합니다."

이제 시작이다. 애초에 길고 긴 고서적 거리를 모두 뒤지고 다닐 생각이었기에 크게 아쉬울 건 없었다. 어깨를 으쓱이며 크리스를 바라본 카일이 말했다.

"이렇게는 하루 종일 찾아도 힘들겠는걸. 우리 나눠서 찾아보자. 난 이쪽을 맡을 테니 넌 저쪽을 맡아."

"응, 알았어."

그렇게 뜻을 모은 둘은 양쪽으로 갈라져 책을 찾기 시작했다.

해가 뉘엿뉘엿하게 넘어갈 때쯤이 되어서야 크리스와 카일은 만날 수 있었다.

둘은 이미 지칠 대로 지친 얼굴이었다. 피곤이 잔뜩 묻은 얼굴의 크리스가 한숨을 내쉬었다.

"에휴. 이쪽은 없어. 그쪽은?"

카일 역시 고개를 내저었다.

"이쪽도 없어. 이제 얼마 안 남았는데 없으면 어떻게 하지?"

"흐음, 황립 중앙도서관밖에 없을 것 같은데, 그곳은 접근 허가를 받는 데만 며칠이 걸린다고. 거기다가 비상계엄령이 내려진 이후에는 고서적 보존을 위해 문을 열지 않으니 언제 볼 수 있을지 몰라."

"뭐, 나머지도 더 찾아보자. 제발 있기를 빌어야지."

마지막 기운을 짜낸 크리스와 카일이 몸을 일으켰다. 다섯 군데를 더 허탕을 치자 그들의 얼굴에 그늘이 드리워졌다.

다음 서점으로 가자 삐삐 마른 주인이 작은 의자에 올라가 책 위의 먼지를 털고 있다. 카일이 반쯤 체념한 목소리로 물었다.

"아저씨, 콜롬베 문자에 관련된 책 있나요?"

"응? 콜롬베 문자에 대한 책 말이냐?"

"네. 혹시라도 가지고 계시면 사고 싶어서요. 이 거리를 다

뒤지고 다니는데 어떻게 된 건지 단 한 권도 없네요."

"흐음, 정말 열심히 찾고 있군. 꼭 필요한가 보지?"

"어떻게 해서라도 찾아야 해서요."

"흠, 어디 보자."

의자 위에 올라선 채 잠시 생각하던 주인이 가게 안으로 들어갔다.

카일이 안을 들여다보았지만 너무 깊어 잘 보이지 않았다. 얼마 지나지 않아 주인이 두꺼운 책 한 권을 가지고 나왔다.

"이거라도 괜찮을지 모르겠군."

툭툭!

두꺼운 책 위의 먼지를 털어낸 주인이 카일의 앞으로 내밀었다. '콜롬베 문자 독해 총서'라는 제목의 오래된 책이었다. 카일은 손을 번쩍 들어 올리며 쾌재를 불렀다.

"와! 드디어 찾았다! 크리스, 찾았어!"

"정말? 와! 드디어 찾았다! 이거 얼마죠?"

잠시 둘의 얼굴을 멀뚱멀뚱 바라보던 서점 주인이 말했다.

"이건 좀 비싼데……. 워낙 오래된 필사본이라서 말이야. 적어도 50겔드는 받아야겠어."

"엑? 50겔드라고요? 책 한 권이 말이에요?"

"뭐, 내용보다는 책 자체에 가치가 높다는 거지. 종이가 발명되기도 전의 책이라서 모두 양피지(羊皮紙)란 말이다. 뭐,

돈이 없다면 그냥 가거라. 소장 가치가 좋아서 예전에도 찾는 손님이 있었지만 꼭꼭 숨겨뒀던 것이다. 꼭 필요한 것 같아서 내주려고 한 것인데…….”

서점 주인이 다시 책을 가지고 들어가려 하자 크리스가 불러 세웠다.

“그거 주세요. 여기 50겔드예요.”

“응? 설마 했는데 정말 50겔드를 지불할 수 있다는 거냐? 놀랍군.”

크리스가 품에서 금화 주머니를 꺼내어 서점 주인에게 내밀었다.

“호오, 정말이로군. 그럼 잘 가지고 가거라.”

“네, 수고하세요.”

간결하게 말하고 서점을 빠져나오자 카일이 크리스의 옆구리를 찔렀다.

“야, 무슨 책 한 권에 50겔드나 주고 사냐? 50겔드면 말 한 필을 살 수도 있는 돈이라고.”

크리스는 짐짓 심각한 표정을 지으며 대답했다.

“바보야, 한번 생각해 봐. 뭔가 이상하지 않아? 이 큰 고서적 거리에 콜롬베 문자에 대한 책이 단 한 권밖에 없다고. 뭔가 구린 냄새가 나지 않아?”

카일은 자신의 몸 냄새를 맡았다.

"아니, 아무 냄새도 안 나는데?"

"그딴 걸 농담이라고……. 누군가가 분명 콜롬베 문자에 대한 책을 싹쓸이한 것 같아. 아마 이 책을 구한 것도 운이 좋은 걸 거야. 그러니 돈은 얼마든지 지불해야지."

"아무도 안 찾는 이런 책을 누가 싹쓸이했다는 거야?"

잠시 주변을 둘러본 크리스가 낮은 목소리로 말했다.

"어쩌면 현자의 탑과 연관되어 있을 수도 있지. 일단 길드로 돌아가자."

"흐음, 정말 그럴 수도 있겠네. 어서 돌아가자."

"응."

크리스와 카일은 책을 조심스럽게 챙겨 서둘러 자리를 떴다.

그들이 사라지는 모습을 지켜보는 두 명이 있었다. 한 명은 머리를 덮는 로브를 입고 있어 얼굴이 드러나지 않았고, 또 한 명은 두 눈이 살에 덮일 정도로 뚱뚱한 중년인이었다.

중년인이 비실비실 웃으며 말했다.

"나리, 어떻습니까? 저 녀석들이 하루 종일 이 거리에서 콜롬베 문자에 대한 책을 찾고 있었습죠. 분명히 눈으로 확인하셨으면 수고비를……."

그는 뭔가를 기대하는 듯 손을 내밀었다. 로브의 인물은 품에서 금화 주머니를 꺼내어 손에 떨어뜨렸다.

찰랑!

"수고했군. 그럼 앞으로도 잘 부탁하네."

로브의 인물은 오랜만에 말을 한 듯 목소리가 쩍쩍 갈라져 나왔다.

"헤헤, 물론입죠. 그럼 이만 물러가겠습니다."

금화 주머니를 잘 챙겨 넣은 중년인은 거리로 사라졌고, 로브의 인물은 크리스와 카일을 뒤따르기 시작했다

사람들이 종종 오가는 거리를 크리스와 카일이 걷고 있다. 청동 날개 길드로 복귀하는 가장 가까운 길을 선택했는데, 덕분에 건물 사이가 좁고 한적했다.

크리스가 품 안의 책을 매만지며 생각에 잠겨 있다가 부들부들한 양가죽의 촉감을 느끼며 말했다.

"흐음, 네가 생각한 대로 현자의 탑 녀석들이 콜롬베 문자를 기반으로 마나 코어의 룬 언어를 암호화한 것이 확실한 것 같아. 누군가 그 비밀을 알아낼 것을 염려해서 콜롬베 문자에 대한 책을 싹쓸이한 거라고."

"혹시 우리가 뭔가 알아서는 안 되는 비밀에 손을 댄 게 아닐까?"

"호홋! 원래 알아도 되는 비밀은 없는 거야. 그러니까 비밀이라고 하는 거라고. 현자의 탑의 마나 코어를 해독하는 건 위험하다고 해도 충분히 모험을 해볼 만한 일이야."

"으음, 그래도……."

카일은 정체 모를 불안감을 지울 수 없었는데, 자신의 직감을 믿기 때문이다. 그리고 얼마 지나지 않아 그의 직감은 사실로 드러났다.

"어리석은 녀석들."

그들의 뒤를 밟은 검은 로브를 걸친 인물은 길에 사람이 없자 크리스와 카일을 향해 뛰어들었다. 그는 두 사람의 머리를 향해 양손을 뻗으며 조용히 외쳤다.

"Kael la du Hekle Slept!"

손바닥에서 두 줄기의 빛이 쏘아지자 크리스와 카일은 머리가 아찔해짐을 느꼈다.

털썩!

자신들에게 무슨 일이 일어났는지조차 인지하지 못하는 사이 정신을 잃은 크리스와 카일이 그 자리에 쓰러졌다.

재빨리 다가온 로브의 인물은 둘을 끌어다 으슥한 곳으로 옮겼다. 로브의 인물이 후드를 벗었다.

깨끗하게 면도한 매끈한 머리에 창백한 안색을 가진 남성이다.

그는 메마른 입술을 움직이며 안도의 한숨을 내쉬었다.

"청동 날개 길드로 가는 것을 보니 그쪽 녀석들인가 보군. 그렇다면 정말 마나 코어 해독에 실마리를 잡았다는 것인가?"

크리스의 품에서 책자를 꺼내어 뒤적여 보더니 점화 마법을 일으켜 태웠다.

화르륵!

노릿한 가죽 타는 냄새가 나며 책이 재가 되어 흩어졌다.

"낌새를 챈 이상 그대로 놔뒀다가는 분명 다시 마나 코어 해독에 매달릴 테지. 어린 나이에 안됐지만 운이 나빴다고 생각해라. 순식간에 잿더미가 될 테니 고통은 없을 거다."

그는 정신을 잃고 있는 크리스와 카일을 내려다보며 안타까운 표정을 지었다. 하지만 행동에는 인정사정이 없었다.

"Exolem e bale!"

손을 들어 올리자 손바닥에서 이글거리는 화염구가 생성되었다. 그것을 던지려는 찰나, 등 뒤에서 낯선 목소리가 들려왔다.

"저런! 아직 세상의 빛도 못 본 청년들에게 그런 몹쓸 짓을 하면 안 되지."

"누구냐!"

목소리가 들려오는 곳으로 고개를 다 돌리기도 전에 명치에 충격이 가해지며 숨을 쉴 수가 없었다.

"크윽!"

금속음의 발걸음 소리가 들렸다. 어렵사리 호흡을 되찾은 그는 뻘게진 눈으로 위를 올려다보았다.

새하얀 룬아머를 걸친 이가 험오스러운 표정으로 내려다보고 있다. 가슴에 새겨진 푸른 날개의 표식을 본 남성은 경악할 수밖에 없었다.

"청동 날개의 룬아머러!"

"후훗! 만나서 반갑군. 게하드라고 한다."

헥터의 명령으로 청동 날개 길드 주변을 경계하고 있던 게하드였는데, 주변을 둘러보던 중 크리스와 카일을 습격하는 모습을 보게 된 것이다.

"어떻게? 청동 날개의 룬아머러는 모두 전선에 있다고 들었는데……."

게하드는 룬아머의 투구를 해제했다. 그리곤 자신의 귀를 쫑긋거리며 자랑스러운 듯 말했다.

"보다시피 나는 요정족이라서 말이야. 헤일런 연방제국 황제의 명은 안 들어도 되거든. 내 나라가 아니니까."

"그, 그런……!"

"어쨌든 이렇게 만난 것도 인연인데 이야기나 나누어보자고. 연방제국에서 마법사들에게 금지시킨 공격 마법을 마구 캐스팅하고 다니는 이유도 좀 듣고 싶고 말이야."

남성의 표정이 더욱 창백해졌다. 그는 뭔가를 결심한 듯 품에서 검은 알약을 꺼내어 입에 넣으려 했는데, 게하드의 반사 신경이 그보다 훨씬 빨랐다.

"쯔쯧, 그렇게 목숨을 하찮게 여겨서야."

게하드의 은발이 살짝 휘날리는가 싶더니 남성의 목덜미를 손날로 내려쳐 기절시켰다. 그리곤 품을 뒤져 보았는데 별다른 것은 나오지 않았다.

"흐음, 철저하게 비밀리에 움직인다는 건가? 결국 직접 물어봐야겠군. 자결을 할 정도로 뭔가 심상치 않은 배경이 있다는 건데… 쉽게 입을 열지 모르겠군."

그렇게 혼잣말을 남긴 게하드는 정신을 잃은 세 사람을 청동 날개 길드로 옮겼다.

CHAPTER
18

대련

Master of Fragments

　오후가 되자 열두 명의 졸업반 생도 모두가 검은 연무복으로 갈아입고 연무장으로 나오고 있다.

　대리석을 깎아 만든 연무장은 가로세로 50멜리 정도로 제법 크게 만들어져 있었다.

　연무복을 입은 로렌이 긴팔과 다리를 움직이며 몸을 풀고 있다.

　"아! 오랜만에 전투 훈련이구나. 몸이 너무 굳었겠는걸."

　여자답게 유연한 자세로 몸을 풀고 있던 클로아가 피식 웃었다.

"넌 원래 굳어 있다고. 너 같은 녀석은 룬아머를 착용하고 넘어지면 뼈 한두 개는 쉽게 부러져 버릴걸."

"그러게 말이다. 난 왜 어려서부터 유연성이 이렇게 떨어지는 걸까? 벨드 너는 주요 무기가 뭐냐?"

주변을 두리번거리며 연무장을 둘러보던 벨드가 로렌의 물음에 대답했다.

"샤브레."

"샤브레라고? 그런 건 여자애들이나 쓰는 나약한 무기야! 남자라면 양손검(Two Hands Sword)지!"

로렌의 비웃음에 발끈한 것은 지금껏 잠자코 있던 엘락이었다.

'저 꺽다리 녀석, 뭐라고 지껄이는 거냐? 세상에서 가장 고상하고 아름다운 무기인 샤브레를 무시하다니! 저 자식, 목젖을 따놔야 저딴 소리를 지껄이지 못할까?'

벨드는 엘락이 분노하든 말든 무시하며 로렌에게 대꾸했다.

"가볍고 휴대하기 편하거든. 별 의미는 없어."

"음, 그렇군. 하지만 분대원 대부분이 중병기(重兵器)라 대적하기 힘들걸? 마도력이 월등하다면 모를까."

"그런가?"

그들이 대화를 나누고 있을 때 눈에 띄는 붉은색 연무복을 입은 하이져가 연무장으로 걸어나왔다. 그가 줄을 맞춰 정렬해 있는 졸업반 생도들을 살펴보며 입을 열었다.

"오늘 수업은 1대 다수의 전투 훈련이다."

"네, 교수님!"

"1대 다수의 전투에서 가장 중요한 것은 집중력과 감각이다. 주변의 적을 감지하면서 눈앞의 적을 효율적으로 공격하는 것, 그리고 위치 선정을 통하여 다수의 공격을 분산시키는 것이 그 요지이다."

"네, 교수님!"

"다들 수년간의 훈련을 통해 기초를 잘 익혀왔으리라 믿는다. 네 명씩 짝을 이루어 1대 3 전투를 시행한다. 실시!"

그의 명령이 떨어지자 생도들은 연무장 한편에 세워진 병장기 진열대로 움직여 인원수대로 준비된 보호구를 머리와 몸통에 착용했다.

또 각종 병장기가 놓여 있었는데, 모두 날을 제거한 훈련용이다. 로렌과 클로아, 펠릭스가 익숙한 태도로 각자 양손검, 장창(Long Spear), 한손검과 방패를 골라 들었다.

벨드는 난처한 표정을 짓고 있었다.

"이런……."

장창을 이리저리 휘둘러보던 클로아가 물었다.

"왜? 무슨 문제라도 있니?"

"응, 여기에는 샤브레가 없는데?"

"하긴, 아무도 안 쓰는 무기니까. 훈련용 샤브레가 있을지 모르겠네. 한손검(One Hand Sword)으로는 안 되겠어?"

"검은 양면 날이고 샤브레는 단면 날이야. 무게도 전혀 다르고. 대체할 수는 없지."

그들이 머뭇거리고 있자 하이져가 다가왔다.

"무슨 문제라도 있나?"

"네. 지금까지 주 무기로 샤브레를 사용했는데 훈련용 샤브레가 없습니다."

"흐음, 하긴 중갑인 룬아머의 무기로 샤브레를 사용하는 경우가 거의 없다 보니……. 다음에 준비해 주도록 할 테니 오늘은 견학만 하게."

잠시 생각해 보던 벨드가 고개를 저었다.

"아닙니다. 그럼 격투술로라도 훈련에 참여하겠습니다."

"응? 맨손으로 말인가? 공격 거리 면에서 상당히 불리할 텐데?"

"정 안 될 듯하면 중간에 포기하도록 하겠습니다. 다른 분대원들에게 피해를 끼칠 수는 없으니까요."

"좋아, 그 적극적인 자세가 마음에 드는군. 그럼 시작하지."

벨드는 장창을 든 크로아, 두손검을 든 로렌, 그리고 한손검과 원형 방패를 사용하는 펠릭스와 조를 이루었다.

조원들이 벨드를 둘러싼 형태였는데, 로렌이 걱정스러운 목소리로 말했다.

"야, 정말 괜찮겠냐?"

"뭐, 해보는 거지. 좀 살살 부탁한다."

"흠, 정신 바짝 차려라. 최대한 조심한다고 해도 다칠지 모르니까."

벨드는 고개를 끄덕이며 오른손을 펼쳐 앞으로 들어 올렸다. 샤브레 대신 수도(手刀)를 사용하려는 듯했다.

그런 벨드를 바라보던 동기들은 마도력을 슬쩍 끌어올렸다. 벨드가 걱정스러운 심정도 있었지만 그의 본 실력이 내심 궁금하기도 했던 것이다.

입김과 함께 짧은 호흡을 내뱉은 로렌이 양손검을 앞으로 내세워 빠른 속도로 벨드를 향해 뛰어들었다.

"하아앗!"

쉬이익!

공기를 가리는 소리가 들리며 양손검이 위협적으로 벨드의 상체를 찌르며 파고들었다.

냉철하게 양손검의 움직임을 지켜본 벨드가 손바닥으로 양손검의 넓은 면을 쳐올리며 몸을 낮췄다.

카아앙!

맨손과 금속이 부딪쳤는데 맑은 금속음이 울려 퍼졌다. 적잖은 진동이 로렌의 두 손으로 전달되자 신음성을 터뜨렸다.

"으윽! 뭐, 뭐지? 손아귀가!"

양손검은 진행 방향 그대로 하늘을 향해 치솟았고, 어느새 로렌의 몸에 바짝 붙은 벨드가 로렌의 팔을 진행 방향으로 잡아끌며 앞으로 던졌다.

"하앗!"

짧은 기합 소리와 함께 로렌의 길쭉한 몸이 앞으로 튕겨나가 클로아에게 날아갔다.

"으악! 클로아! 나 좀 받아줘!"

하지만 클로아라고 로렌을 받아줄 만한 여유가 있어 보이지 않았다.

허우적거리며 날아오는 로렌의 뒤를 바짝 붙어 달려오는 벨드가 보였기 때문이다.

로렌의 몸에 가려 벨드의 움직임을 전혀 읽을 수가 없었다.

"연약한 여자의 몸으로 어떻게 널 받아내냐? 일단 나부터 좀 피해야겠다!"

클로아가 로렌을 피해 우측으로 몸을 날리자 로렌은 연무장 바닥에 꼴사납게 널브러졌다.

철퍼덕!

그 뒤를 따르던 벨드는 클로아를 향해 방향을 바꾸며 외쳤다.

"불리한 만큼 먼저 공격하는 게 정석이지!"

벨드는 클로아가 장창을 사용하지 못하도록 다시 한 번 땅을 차 거리를 바짝 좁혔다.

"치잇! 접근전이냐? 하지만 거리를 벌리면……."

클로아의 말은 끝까지 이어지지 못했는데, 벨드의 접근 속도가 너무나 빨라 도저히 거리를 벌릴 수가 없었던 것이다.

여유롭게 클로아의 코앞까지 다가온 벨드는 그녀의 전신을 향해 수도를 찔러갔다.

휘휙! 휙!

날카로운 바람 소리가 들리며 수도의 그림자가 뿌옇게 클로아를 덮쳤다.

"빠, 빠르다!"

상대적으로 방어에 유리한 무기인 장창이었지만 워낙 가까운 거리인데다 벨드가 휘두르는 수도의 속도는 눈앞에 아른거린다고 느낄 만큼 빨랐다.

퍼퍼퍽!

벨드의 수도가 클로아의 어깨와 복부 보호구를 찌르며 둔탁한 소리를 냈다. 물론 다치게 할 생각은 없었기에 적당히 충격만 가했다.

클로아가 그 충격을 이기지 못하고 뒤로 넘어가고 있을 때,

등 뒤에서 공기의 흐름이 느껴졌다.

"여자를 그렇게 거칠게 다루면 안 되지, 벨드! 하앗!"

펠릭스가 짧은 기합을 넣으며 한손검을 휘둘렀다. 벨드는 급히 머리를 숙이며 다리를 뒤로 뻗어 공격했다.

파앗!

펠릭스는 급히 몸을 옆으로 회전시키며 검을 휘두르기 시작했는데, 피할 수만은 없던 벨드는 마도력을 손으로 집중시키며 펠릭스의 검을 쳐냈다.

카강!

역시 쩌렁한 금속음이 들렸다. 벨드의 맨손은 빠른 속도로 휘둘러 오는 펠릭스의 검을 정확하게 쳐내고 있었는데, 정작 대적하는 펠릭스는 잠시 넋을 놓을 정도로 놀랐다.

"벨드, 어떻게 맨손으로 검을 막을 수가 있지? 아무리 마도력으로 손을 보호한다고 해도 이건……."

"훈련에 집중해, 펠릭스."

검에 비해 공격 거리가 짧았지만 벨드의 빠른 몸놀림은 모든 것을 커버했다.

좌우로 몸을 빠르게 움직이자 잔상이 생길 정도이다. 자연스럽게 펠릭스의 찔러오는 공격을 비스듬하게 비켜낸 벨드가 주먹으로 그의 방패를 가격했다.

뻐걱!

방패를 잡은 손이 시큰거리는가 싶더니 그대로 힘을 못 이기고 뒤로 넘어졌다.

"크윽! 뭐 이런 말도 안 되는……."

세 명의 동기를 쓰러뜨리는 데 불과 몇 호흡을 소요했을 뿐이다.

바닥에 넘어진 동기들을 포함한 레벨 6의 졸업생도들은 자신들의 훈련을 잊은 채 넋을 놓고 벨드를 바라보고 있었다.

몸을 일으킨 로렌이 머리 보호구를 벗으며 혀를 내둘렀다.

"벨드 너, 대단한데? 대체 하이멜에서는 어떤 훈련을 받은 거냐?"

클로아 역시 로렌의 감탄에 동의했다.

"그러게. 왜 졸업반에 편입 허가가 났는지 이해되는걸."

벨드가 클로아와 펠릭스의 손을 잡아 일으키며 말했다.

"다들 너무 방심한 것 같은데? 난 맨손이라서 굉장히 긴장하고 있었다고."

"흠, 물론 그런 면도 없진 않았지만 네 움직임은 정말 장난이 아니었다고."

"낯 뜨겁게. 너무 치켜세우는 거 아니냐?"

그들이 대화를 하고 있을 때 하이져가 다른 분대원들을 둘러보며 외쳤다.

"다들 베르난드의 무위(武威)를 눈으로 직접 확인했겠지?!

편입생에게 부끄럽지 않게 다들 졸업하는 그날까지 최선을 다해 실력을 키워라! 알겠나?"

"네!"

하이져가 벨드에게 다가와 조용히 말을 건넸다.

"헥터 단장님의 조카라고 해서 보통은 아닐 거라고 생각했지만 기대 이상이군. 아마 다른 분대원들에게도 좋은 자극이 되었을 것이다. 잘했네."

"감사합니다, 교수님."

데니언이 벨드를 칭찬하는 하이져를 보고 있다. 그 역시 벨드의 움직임에 크게 놀라고 있었지만 자존심이 그것을 인정하지 않고 있었다.

가슴속에서 뭔가 뜨거운 것이 느껴진 그는 자신의 조를 이탈하여 하이져에게 다가갔다.

"교수님, 베르난드와 대련을 하고 싶습니다. 저 역시 맨손 격투를 주로 하니 좋은 훈련이 될 듯합니다."

버릇처럼 수염을 빙글빙글 돌리며 생각을 해보던 하이져가 고개를 끄덕였다.

"흠, 괜찮겠군. 자네나 베르난드에게 좋은 경험이 되겠지. 베르난드, 이의 있나?"

"데니언 선배와 대련을요? 뭐, 안 될 것은 없습니다."

"그럼 좋아!"

하이져 역시 벨드의 실력을 더 확인하고 싶은 차였기에 잘
됐다 싶은 것이다.

하이져의 허락이 떨어지자 1대 3의 훈련은 잠시 중단되었
고, 연무장의 중앙을 벨드와 데니언에게 내주었다.

그 둘의 대련을 지켜보고 있는 이들은 졸업반의 생도들만
이 아니었다.

상급생의 훈련을 견학하기 위해 이곳에 와 있는 하급생 역
시 그들의 대련을 호기심 있게 바라보고 있었다.

"교수님, 맨손 격투인 만큼 보호구를 벗어도 괜찮겠습니
까? 베르난드의 실력을 직접 체감해 보고 싶습니다."

"흐음, 하지만 타격 시에는 마도력을 사용하지 않는 것으
로 제한하겠네. 둘 다 알겠나?"

"네!"

데니언과 벨드가 동시에 대답했다. 보호구를 한쪽에 벗어
놓은 데니언과 벨드가 서로를 마주 보며 연무장 중심에 섰다.

데니언이 두 주먹을 들어 올리며 준비 자세를 취했다.

"그럼 준비됐겠지?"

벨드 역시 주먹을 마주했다.

"네, 데니언 선배."

"봐주기 없기다?"

"하아! 봐줄 실력이 되어야 봐드리죠. 최선을 다할 겁니다."

"좋아, 간다!"

데니언이 벨드를 향해 달리면서 주먹을 휘둘렀다. 약 3멜리가량의 거리는 순식간에 좁혀졌고, 팔이 바람을 가르는 소리가 맹렬하게 뿜어졌다.

붕!

벨드는 왼팔로 가드하며 그의 공격을 자연스럽게 측면으로 흘렸다. 그리고 오른 주먹으로 데니언의 턱을 향해 휘둘렀다.

데니언은 비록 유급을 당했지만 전년도의 우등생이었다.

많은 격투 경험을 가진 만큼 단순한 공격에 본능처럼 대처했는데, 공격에만 치중하지 않고 살짝 물러나며 벨드의 주먹을 피하는 동시에 먼 거리에서 빠른 발차기로 벨드의 복부를 노렸다.

파팟!

손바닥으로 데니언의 발차기를 연달아 쳐낸 벨드가 몸을 앞으로 기울이며 주먹과 팔꿈치를 연달아 휘둘렀다.

그러자 더 이상 발차기에 집중할 수 없던 데니언이 팔로 가드를 세우며 어지럽게 날아오는 벨드의 공격을 쳐냈다.

퍽! 퍼벅! 퍽!

한 번씩의 공격과 방어를 주고받은 두 사람이 잠시 호흡을 가다듬으며 물러섰다.

"몸은 풀었나? 이제 본격적으로 해볼까?"

데니언의 물음에 벨드가 씨익 웃어 보였다.

"좋죠!"

벨드는 조금 들떠 있었다. 지금까지 청동 날개의 좁은 연무장에서 헥터와 단둘이 연무를 하였다.

그 역시 피가 끓는 젊은이였기에 자신이 어느 정도의 실력을 가졌는지 직접 확인하고 싶었던 것이다.

데니언은 더할 나위 없이 좋은 상대였다.

둘은 약속이라도 한 듯 마도력을 개방하여 전신으로 흘렸다. 데니언이 작은 원을 그리며 천천히 돌기 시작하자 벨드역시 그와 마주 보며 움직였다.

서로의 움직임을 주시하던 두 사람은 신호를 주고받기라도 한 듯 서로를 향해 달려들었다.

"하앗!"

"탓!"

기합 소리가 들려왔다. 두 주먹과 발이 어지럽게 교차되었다.

파바박! 파악!

보는 것만으로도 어지러울 정도였지만 두 사람은 정확하게 공격과 방어를 주고받는 중이다.

특이한 점이라 하면 벨드의 격투술은 상식적인 것과 조금

동떨어져 있었는데, 주먹과 발차기뿐만 아니라 팔꿈치와 무릎, 머리, 어깨 등 신체의 다양한 부위를 이용한 연환 공격이었다.

주먹을 막아내면 무릎이 날아왔고, 빙글 돌며 손등이 얼굴을 노렸다. 헥터에게 직접 전수받은 실전 격투였다.

퍼억!

벨드가 어깨로 데니언의 팔 가드 위를 들이받자 그 충격에 데니언이 서너 걸음이나 물러섰다.

평소라면 공격 성향의 그였기에 선제공격에 치중했겠지만 종잡을 수 없는 벨드의 공격으로 인해 방어에 급급했다. 조금 놀란 데니언의 얼굴 위로 땀방울이 흘러내렸다.

"후우! 종잡을 수 없군. 일반적인 격투술과 전혀 달라!"

자신도 모르게 벨드의 격투술을 인정할 수밖에 없었다. 벨드 역시 혀를 내둘렀다.

"선배야말로 반사 신경이 엄청나네요. 이 정도 공격이면 한 방 정도는 맞을 만도 한데 다 방어해내다니 말이에요."

벨드의 말은 진심이었다. 그는 헥터에게 전수받은 격투술에 상당한 자신감이 있었는데, 몸의 모든 부분을 공격 부위로 만들어 수십 개의 방향에서 적을 공격할 수 있는 궁극의 격투술이라 생각하고 있었기 때문이다.

그런데 데니언은 처음 겪는 격투술을 반사 신경만으로 거의 완벽하게 방어해냈다. 일종의 천재임을 스스로 증명한 것이다.

"흥! 놀리는 거냐? 제대로 된 공격 한번 못해봤는데……."

"진심이에요. 나름 제 격투술에 자부심이 있었다고요."

팔짱을 끼고 신중하게 둘의 대련을 바라보고 있던 하이져가 둘의 대화를 잘랐다.

"둘 다 잘했다. 베르난드는 효율적인 공격의 좋은 예를 보여줬고, 데니언은 놀라운 반사 신경을 이용한 좋은 방어였다. 사실 데니언은 늘 공격에만 치중하여 상대를 살피는 일을 등한시했지. 그만큼 실수도 많았고. 하지만 지금처럼 완벽한 방어를 할 수 있는 능력이 있다면 그만큼 전투에서 여유를 가져도 좋다는 것이다. 목숨을 위협받는 전장에서 여유를 가질 수 있다는 것은 위험으로부터 한 걸음 떨어져 있다는 뜻이니까."

데니언은 아무 말 없이 하이져의 가르침을 곰곰이 생각해 보았다.

"또 베르난드는 공격에서 자신감이 풀풀 풍기더군. 하지만 상대에게 방어당하는 순간순간 허점이 보이곤 했다. 빠른 속도 때문에 데니언에게 공격의 기회를 허용하지 않았지만, 둔켈의 반응 속도라면 또 이야기가 달라질 수 있다. 그러니 격투술에 더 익숙해져야 한다."

"네!"

헥터에게도 늘 듣던 이야기를 하이져에게도 들으니 새삼 자신의 모자람을 다시 한 번 깨닫게 되었다.

"자, 이제 더 진행하더라도 도움이 될 것은 없는 듯하니 원래의 훈련을 속행한다!"

하이져의 외침에 따라 다른 분대원들은 원래의 대형을 갖추어 훈련을 시작했다. 상념에서 벗어난 데니언이 벨드를 향해 말했다.

"어이, 베르난드!"

"네?"

"좋은 훈련이었다."

벨드가 밝게 웃어 보였다.

"저 역시 좋은 경험이었습니다. 수고하셨습니다."

"그리고……."

잠시 꾸물거리던 데니언이 뭔가 결심이라도 한 듯 이야기했다.

"점심시간의 이자벨 일은 고마웠다."

"아니에요. 누구라도 그렇게 했을 거예요."

"그럴 리가. 그보다 이자벨에게 듣자니 심언을 사용할 수 있다던데 사실이냐?"

"어쩌다 보니…."

"어려서부터 귀가 들리지 않은 이자벨은 친구가 없었다. 심언을 사용할 수 있는 가족들만 빼고는 마음대로 대화할 상대도 없었고."

"그렇군요."

벨드를 물끄러미 보던 데니언이 쑥스러워하는 목소리로 말했다.

"혹시라도 시간이 된다면 이자벨과 말벗이라도 해줬으면 좋겠다. 싫으면 말고."

그렇게 일방적으로 말한 데니언은 휙 몸을 돌려 자신의 조로 돌아갔다. 그리고 데니언이 무슨 소리를 한 건지 이해하는 데 시간이 조금 걸린 벨드는 피식 웃었다.

"하핫! 좀 무섭긴 한데 동생을 사랑하는 착한 오빠였군. 잠깐, 이자벨과 심언을 하려면 손을 붙잡고 있어야 하잖아?"

문득 그 모습을 상상해 보던 벨드는 자신도 모르게 얼굴을 빨갛게 붉혔다.

CHAPTER 19

콜롬베 문자

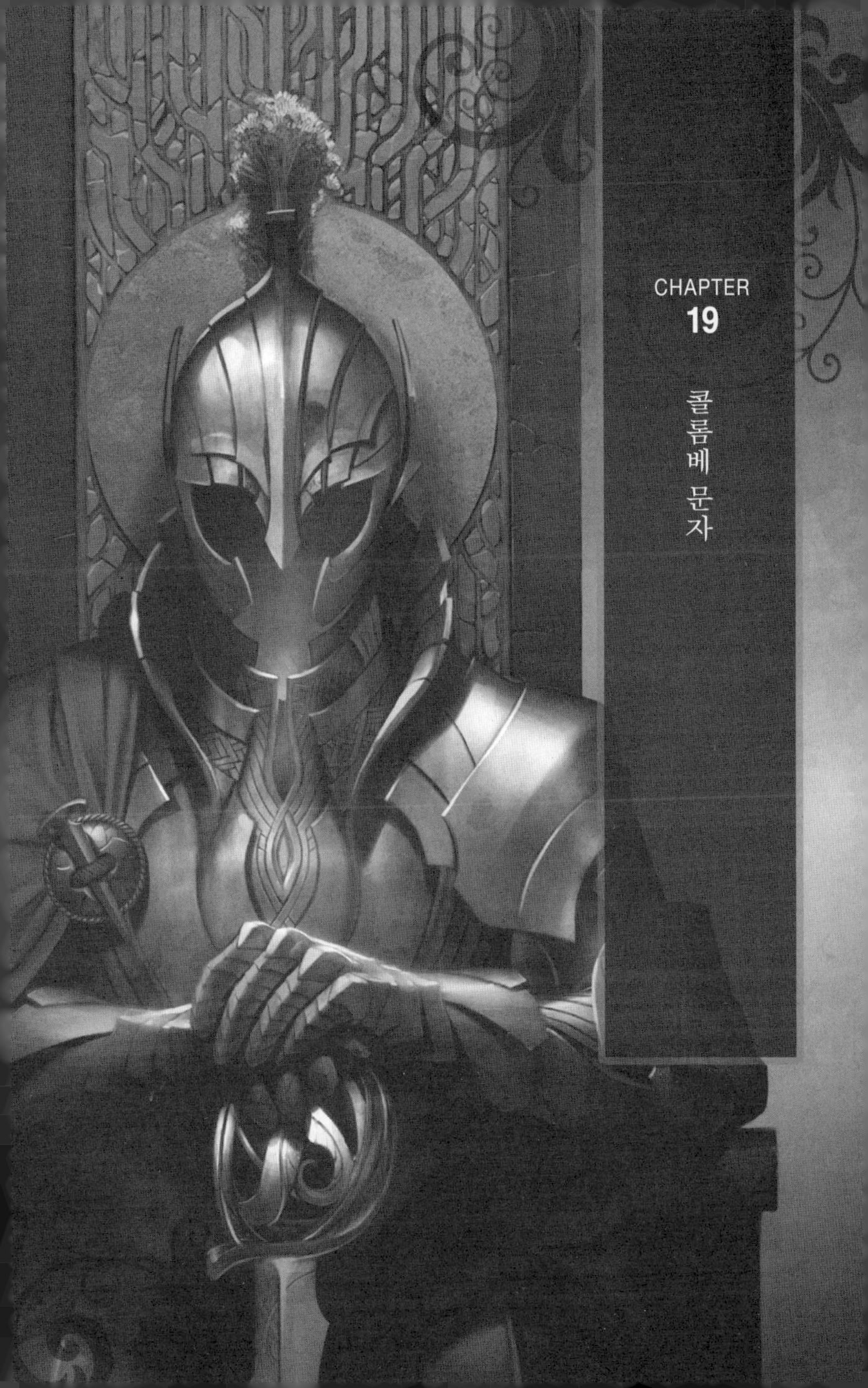

Master of Fragments

청동 날개 길드의 지하 감옥.

바짝 마른 장작처럼 생긴 남성이 의자에 묶인 채 정신을 잃고 있다. 얇고 가느다란 손이 그의 뺨을 가볍게 때렸다.

찰싹!

"이봐, 형씨. 정신 좀 차리라고. 언제까지 그렇게 잠들어 있을 건가?"

게하드의 목소리였다. 그의 옆에 서 있던 헥터가 눈가의 상처를 움직이며 씁쓸한 웃음을 지었다.

"허허! 자네 말투가 길거리 잡배 같구먼. 어떻게 봐도 요정족 같지가 않아."

"흐음, 거슬리십니까? 아무래도 애슐리 남매와 자주 붙어다녀서 물이 든 것 같군요."

"아냐, 아냐! 고상한 요정족보다는 대하기 편해서 좋네. 신경 쓰지 말게나."

"감사합니다."

"뭐, 감사할 것까지야……."

둘이 시답잖은 이야기를 나누고 있을 때 의자에 묶인 남성이 신음성을 흘리며 깨어났다.

"으음……."

게하드가 눈을 가늘게 뜨며 그의 눈앞에 얼굴을 들이밀었다.

"정신이 좀 드나?"

"크, 여기가 어디냐?"

"자네가 물어볼 입장은 아닌 것 같군. 하지만 대답해 주지. 여긴 청동 날개 길드다. 그럼 이번에는 내가 물어볼까? 이름은?"

"말할 수 없다."

게하드는 어깨를 으쓱거리며 난처한 표정을 지었다.

"이런……. 이러면 안 되지. 뭔가 불공평하지 않나? 나는 자네의 질문에 대답해 주었는데 자네는 간단한 이름조차도 대답해 주지 않으니 말이야."

의자에 묶인 남성은 게하드의 시선을 회피하고 있었다.

"마법을 사용하는 것으로 봐서는 현자의 탑 소속인 듯하군. 그리고 이름은 말해주지 않아도 좋아. 쉽게 알아내는 방법이 있거든."

헥터 역시 궁금하다는 듯 게하드를 바라보았다. 그러자 게하드는 서슴없이 남성이 걸친 로브의 끝자락을 뒤집어보았다.

그곳에 명확하게 '스네이드 홀튼'이라는 이름이 쓰여 있다. 게하드가 씨익 웃어 보였다.

"현자의 탑은 많은 인원이 단체 생활을 하는 곳이지. 모든 물품이 배급되다 보니 다들 물품이 섞이기 마련이야. 그러다 보니 이렇게 자신의 이름을 표기해 놓을 수밖에. 그렇지 않나, 스네이드?"

"크윽!"

게하드의 짐작이 맞는지 남성의 얼굴이 일그러졌다. 헥터는 흥미롭다는 표정으로 게하드가 하는 양을 지켜보았다.

"좋아, 스네이드. 나는 청동 날개 길드의 게하드라고 하네. 통성명은 했으니 이제 왜 우리 아이들을 해치려 했는지 들어보고 싶군."

"그것은 정말 말할 수 없다. 내가 죽더라도."

"그렇게 쉽게 목숨을 걸 만한 중요한 일이라도 있나보지? 처음에는 별일 아니라고 생각했는데 고집을 피우니 더욱 호기심이 생기는데?"

스네이드의 앞에 쪼그려 앉아 눈높이를 맞춘 게하드가 빤히 바라보았다.

"나는 요정족이라네. 인간이 갖지 않은 신비한 능력을 가지고 있지. 눈동자를 통해 상대의 마음을 읽을 수 있어."

스네이드의 눈동자가 두려운 듯 심하게 떨리고 있다. 게하드의 푸른빛이 감도는 회색 눈동자와 마주치자 빨려들 듯 시선을 뗄 수 없었다.

게하드가 혼잣말을 하듯 중얼거렸다.

"숨겨진 장막을 한번 열어보자고. 눈동자에 룬 언어가 복잡하게 얽혀 있어. 금속의 덩어리들. 룬아머의 파츠인가? 알 수 없는 문자들. 아무래도 룬아머에 관련된 일인가 보군."

룬아머라는 이야기가 나오자 스네이드의 어깨가 움츠러들었다. 미련없이 자리를 털고 일어난 게하드는 몸을 휙 돌렸다.

"길드장님, 알아낼 만큼 알아냈습니다. 이제 이자는 필요 없을 듯합니다. 어차피 하수인 중 하나니까요."

"그럼 어떻게 하면 좋을까?"

"나중에라도 뭔가 알아낼 것이 있을지 모르니 일단 감금해

봐야겠죠."

"알겠네."

"우선 크리스와 카일을 만나봐야 할 듯합니다."

"그럼 나가세."

한줄기의 달빛이 들어오고 있는 지하 감옥의 문이 닫히며 자물쇠 거는 소리가 들렸다. 두 사람이 나가자 스네이드의 몸이 경련하듯 떨렸다. 그가 파랗게 질린 얼굴로 중얼거렸다.

"저, 정말 저 녀석이 내 머릿속을 읽은 건가? 그, 그럴 리 없어. 어떤 일이 있어도 알려져선 안 된다. 절대 아무도 알아선 안 돼. 마나 코어에 얽힌 비밀은… 그 비밀은……."

혼잣말을 중얼거리던 스네이드의 눈동자가 하얗게 뒤집혔다.

그리곤 경기를 일으키던 그는 순식간에 호흡이 끊어졌는데, 자신의 비밀이 알려졌다는 강박감을 이기지 못하고 그 자리에서 죽어버린 것이다.

그런 사실을 모른 채 크리스와 카일이 있는 방으로 걷고 있던 헥터가 물었다.

"독심술(讀心術)을 할 수 있는지는 몰랐군."

게하르드가 피식 웃었다.

"하핫! 그런 능력이 있으면 얼마나 좋겠습니까? 그냥 시늉을 내본 것이죠. 크리스와 카일의 대화를 엿들은 것이 있어서 넘겨짚어 본 것입니다. 독심술은 못해도 공황상태에서의 반응을 읽는 건 아주 쉬운 일이니까요."

"참, 알 수 없는 요정족이로구만."

그들이 방문을 열고 들어서자 각자의 침대에 멍하니 누워 있는 크리스와 카일이 보인다.

페이튼이 애써 침착함을 유지하며 방으로 들어서는 헥터를 향해 말했다.

"아! 길드장님, 마침 아이들이 깨어났습니다. 다행히 별다른 이상은 없는 것 같군요."

"다행이로군."

헥터가 크리스의 침대에 걸터앉으며 물었다.

"좀 정신이 드느냐?"

크리스가 미간을 찌푸리며 고개를 끄덕였다.

"네, 아직 어지럽긴 하지만 괜찮아요. 걱정 끼쳐 드려서 죄송해요."

고개를 돌린 헥터는 카일에게 물었다.

"카일, 너는 좀 어떠냐?"

"헤, 저도 크리스와 비슷합니다. 아직은 멍하네요."

카일이 애써 웃어 보이지만 안색은 창백했다.

"대체 무슨 일이 있었던 것인지 설명 좀 해주겠느냐?"

잠시 오늘 있었던 일을 정리한 크리스는 현자의 탑 마법진에 대한 이야기와 콜롬베 문자에 관련된 이야기를 헥터에게 했다. 이야기가 끝나자 헥터는 혀를 차며 안타까운 얼굴을 했다.

"쯔쯧! 이런 경솔한 녀석들 같으니라고. 그런 일이 있으면 미리 말을 했어야지."

"죄송해요, 길드장님."

헥터는 진중한 얼굴이 되어 앞뒤 상황을 정리해 보았다.

"흠, 콜롬베 문자만 해독할 수 있으면 현자의 탑에서 만든 마나 코어를 해독할 수 있다는 말이로구나. 한데 그렇다고 해도 너희들의 목숨을 쉽게 빼앗을 만큼 중요한 일이었던 것인가? 정식으로 길드에 비밀 엄수에 대한 항의 서한을 보내는 방법도 있을 텐데… 뭔가 이상하군."

그의 이야기를 듣고 있던 게하드 역시 고개를 갸웃거렸다.

"길드장님 말씀대로 뭔가 찜찜한 구석이 있군요. 스네이드라는 녀석의 행동도 단순히 마나 코어의 기술적 비밀을 지키기 위해서라고 보기에는 너무 결사적이었고요."

"결국 그에 대한 실마리는 마나 코어를 해독해 보면 알 수 있다는 이야기인가?"

크리스의 얼굴이 금세 실망으로 가득 찼다.

"하지만 마지막 남은 콜롬베 문자 책이 없어졌어요. 그 마법사가 태워 버렸다고 하더군요."

"흐음, 현자의 탑에서 콜롬베 문자에 대한 정보를 차단하려고 마음먹었다면 황립 도서관에도 있다는 보장은 없겠구나. 엄청난 로비를 했을 테니까."

"그래도 알아보려고요. 이건 룬아머 미케닉으로서 꼭 해야만 하는 일이에요."

헥터는 고개를 내저었다.

"지금은 너무 위험하다고 본다. 저 스네이드라는 자가 귀환을 하지 않는다면 현자의 탑에서 문제가 생겼음을 인지하겠지. 워낙 음험한 자들이라 어떻게 나올지 모르는 일이라……."

"으음."

"아무리 마법사들의 힘이 룬아머러에 비해 축소되었다고는 하지만 지금과 같이 길드의 룬아머러들이 전선으로 파병된 상황에서는 현자의 탑과 전면으로 부딪치는 것은 무리라고 본다. 이번에도 게하드가 남아 있지 않았다면 정말 위험했고. 그러니 조금 시간을 두고 생각해 보는 것이 좋겠구나."

"벨드는요? 베르난드는 가즈아머를 가지고 있으니까 이 일을 도울 수 있지 않을까요?"

크리스가 애타는 눈빛으로 헥터를 바라보았지만 대답은 변함없었다.

"앞으로의 가능성도 무한하고 놀라울 정도로 빠르게 강해지고 있지만 아직은 경험이 부족하다. 또 벨드에게는 더 큰일이 주어질 것이니 지금 정체를 드러내는 위험은 피해야 한단다."

"대체 벨드에게 주어질 일이라는 게 뭐죠?"

크리스가 묻자 헥터는 시선을 피하며 자리에서 일어났다.

"아직은 아무런 말도 해주지 못하겠구나. 언젠가는 알게 될 게야. 그러니 그렇게 알거라."

잠시 방 안에 침묵이 흐르고 있을 때, 방문이 열렸다.

"에휴, 다녀왔습니다."

기운이 쭉 빠져 있는 벨드의 목소리였다. 그는 초췌한 얼굴로 방 안의 사람들을 둘러보며 물었다.

"집사 아저씨께 물어보니 다들 여기 계시다고 해서……. 무슨 일이 있었나요?"

카일이 한숨을 내쉬었다.

"제 말 하면 온다더니 타이밍 한번 기가 막히게 맞추네. 그보다 좀 늦었구나."

"응, 첫날부터 체력 훈련을 좀 했거든. 하이져 교수님이라는 분, 정말 대단하더라. 길드장님께 단련받은 몸인데도 정말 다리 후들거리게 힘들었다고. 체력이 밑바탕이 되어야 한다고 마도력도 사용하지 못하게 하고 말이야."

헥터는 크리스가 너무 깊이 생각하지 않기를 바랐기에 이야기 주제를 바꾸려 했다.

"그 친구는 너무 곧은 게 장점이자 단점이지. 타협이 전혀 없는 친구니까. 아마 지금 당장 현역으로 움직인다고 상위에 들 만한 실력이지. 첫날인데 괜찮았느냐?"

"네, 나름 친구들도 좀 생기고 수업도 재미있었고요. 역시 쟁쟁한 실력자들이 많더군요."

"아마도 실전 능력 향상에 큰 도움이 될 게다."

"네. 그런데 무슨 이야기를 이렇게 심각하게 하고 계셨어요?"

"흐음, 크리스와 카일이 현자의 탑의 마법진에 관한 비밀을 캐내려다가 현자의 탑에서 풀어놓은 인물에게 목숨을 잃을 뻔했단다."

벨드의 얼굴에 피로감이 싹 가시고 놀라움이 떠올랐다.

"네?! 목숨을요? 괜찮냐, 카일, 크리스?"

카일이 피곤한 얼굴로 손을 내저었다.

"뭐, 게하드님 때문에 운 좋게 목숨은 건졌어. 그런데 다 헛수고였지 뭐냐. 애써 찾은 콜롬베 문자 독해서를 녀석에게 빼앗겨서 재가 되었거든."

"콜롬베 문자 독해서? 그 새 모양 문자 말하는 거야?"

"응. 현자의 탑 마법진의 마나 코어 암호를 풀 수 있는 열쇠거든. 녀석들이 암호 해독을 막으려고 관련 책을 모두 없앤 것 같다."

"아, 그런 일이 있었구나."

고개를 끄덕이던 카일이 멈칫거리며 되물었다.

"잠깐! 너 새 모양 문자인지는 어떻게 아냐?"

머리를 긁적이며 기억을 더듬어 보던 벨드가 두 눈을 끔뻑이며 대답했다.

"예전에 고아원에서 콜롬베 문제에 관련된 책을 읽은 적이 있거든. 정말 그딴 걸 보내주는 후원자라니……. 아마 집에서 보지 않는 책을 왕창 보낸 걸 거야."

"너 혹시 그 내용 기억 나냐?"

"책의 모든 내용이 완벽하게 기억나는 건 아니지만 콜롬베 문자라면 대충 읽을 수는 있을걸."

크리스가 이불을 걷어내며 몸을 벌떡 일으켰다.

"너 그게 정말이야?! 콜롬베 문자를 읽을 수 있다고?"

"한번 정리를 해봐야겠지만 아마 거의 확실해. 조금 특이한 게 콜롬베 문자는 자음과 모음이 혼합된 구시대 문자인데 108마리 새의 이름을 따서 발음하거든. 그래서 새의 특징을 문자로 표현하고 읽는 방식이지. 사장될 수밖에 없는 원시적인 문자랄까."

크리스가 서둘러 침대 머리맡의 종이와 깃펜을 벨드에게 건넸다.

"그 이상한 기억력이 쓸 데가 있구나! 발음 따위는 상관없으니 여기다가 알파벳 순서대로 적어줘!"

"자, 잠깐! 나도 기억을 좀 더듬어 봐야 한다고. 머릿속에 들어 있다고 단번에 꺼낼 수 있으면 이렇게 어렵게 세상 살고 있지 않을 테니까. 조금만 기다려 봐. 오늘 자기 전까지는 적어줄 테니까. 일단 씻고 적어놓을 테니 방으로 찾으러 와."

카일이 허무한 얼굴을 했다.

"그냥 너 올 때까지 기다렸다가 물어볼 걸 그랬다. 괜히 하루 종일 헛수고만 하고 죽을 고비까지 넘기다니 말이야."

헥터가 신중한 표정으로 벨드와 카일, 그리고 크리스를 둘러보았다.

"일단 해결책은 찾은 것 같군. 그런데 앞으로 현자의 탑에서 어떻게 움직일지 알 수가 없단다. 그러니 외출 시에는 각별히 조심하도록 하거라. 크리스는 룬 언어 해독 진행 사항을 수시로 보고하도록 하고, 게하드는 현자의 탑 동향을 감시해 줘야 할 것 같다."

"네, 길드장님."

한번 겪은 일이기에 충분히 위험함을 느낀 카일과 크리스는 마른침을 꿀꺽 삼키며 고개를 끄덕였다.

*   *   *

깃펜을 이리저리 놀려가며 콜롬베 문자의 알파벳을 한자 한자 써가던 벨드가 손으로 찻잔을 잡았다. 어느새 시간이 한참 지났는지 찻잔이 식어 있다. 조금 아쉬운 기분이 든 벨드는 손으로 마도력을 흘려보냈다.

우웅!

찻잔이 진동하더니 금세 하얀 김이 피어올랐다.

"역시 마도력이란 것은 편리하군."

차를 한 모금 마시며 자신이 써놓은 콜롬베 문자 알파벳을 확인하고 있을 때 노크 소리가 들렸다.

"야, 들어가도 되냐?"

어느새 기력을 찾은 크리스의 당찬 목소리다.

"어, 들어와."

방문이 벌컥 열리며 크리스와 함께 카일이 들어왔다. 둘을 번갈아보며 벨드가 가볍게 웃었다.

"너희 둘, 엄청 붙어 다니는구나?"

"이 녀석이 떨어지려고 해야 말이지. 뭐 어쨌든 요즘은 조수로서 역할을 제법 잘해줘서 일하기도 편해."

"카일 너, 제법 소질 있나 보구나?"

크리스와 벨드가 칭찬하자 카일의 콧대가 높아진다.

"헤헷! 이 형님이 운명의 직업을 찾은 듯하다. 룬아머 정비

하는 게 엄청 재미있다니까? 내가 하나에 빠지면 앞뒤 안 가리는 성격 아니냐. 앞으로 기대하라고!"

"흥! 기고만장하기는. 아직 한참 멀었다."

카일의 콧대를 한번 눌러준 크리스가 벨드를 보며 물었다.

"콜롬베 문자는 다 정리했어?"

"응, 여기 있다. 순서대로 다 적어놨어. 빠진 건 없을 거야."

벨드가 넘겨준 콜롬베 문자 알파벳을 보던 크리스가 혀를 내둘렀다.

"이런 괴상한 글자를 잘도 기억하는구나. 정말 볼수록 신기한 구석이 있다니까."

"칭찬으로 받아들이마."

카일이 방 안의 의자를 끌어당겨 앉으며 물었다.

"그보다 오늘 아카데미는 어땠냐? 예쁜 학생들도 많아?"

종이를 챙겨 넣던 크리스가 핀잔을 줬다.

"입만 벌리면 여자 이야기냐?"

"칫, 원래 그럴 나이라고! 너야말로 괜찮은 친구 있으면 소개 좀 시켜달라고!"

"괜찮은 친구를 왜 너한테 소개시켜 줘야 하니?"

"흥! 친구가 없어서 괜히 둘러대는 건 아니지?"

"뭐라고?!"

크리스가 화를 내며 분위기가 안 좋아지려 하자 벨드가 끼어들었다.

"야, 카일, 아카데미에서 크리스 인기가 장난이 아니라고. 크리스를 아는 척 한번 했다가 우리 반 녀석들에게 얼마나 추궁당했는지 몰라. 정말 놀랄 정도였다고."

벨드가 크리스의 편을 들자 카일이 투덜댔다.

"하지만 이런 왈가닥 성격인 건 모를걸?"

둘 사이가 진정될 기미가 보이지 않자 벨드가 피곤한 표정을 지었다.

"야, 나 피곤하니까 좀 나가서 툭탁거리든지 해라."

크리스는 무관심한 얼굴로 몸을 돌려 방문을 열었다.

"흥, 콜롬베 문자도 받았겠다, 이런 데서 카일과 툭탁거리면서 시간을 낭비할 수는 없지. 난 룬 언어 해독하러 갈 거야!"

카일 역시 재빨리 그녀의 뒤를 따랐다.

"너 오늘 집에 안 갈 거냐?"

"벌써 집에 말해놨어. 작업실에서 밤샐 거라고."

"칫! 나도 질 수 없지. 같이 가!"

"마음대로 해라! 벨드, 이거 고맙다!"

어느새 다툼을 멈추고 의기투합하며 사라지는 둘을 보며 벨드는 쓸쓸한 웃음을 지었다.

"쩝, 저러다가 정말 정들지도 모르겠는데?."

아무튼 여러 가지 일이 있었던 벨드는 침대에 드러누웠고, 얼마 지나지 않아 고른 숨소리를 내며 잠들었다. 아주 피곤한 하루였다.

CHAPTER 20

어두운 바람

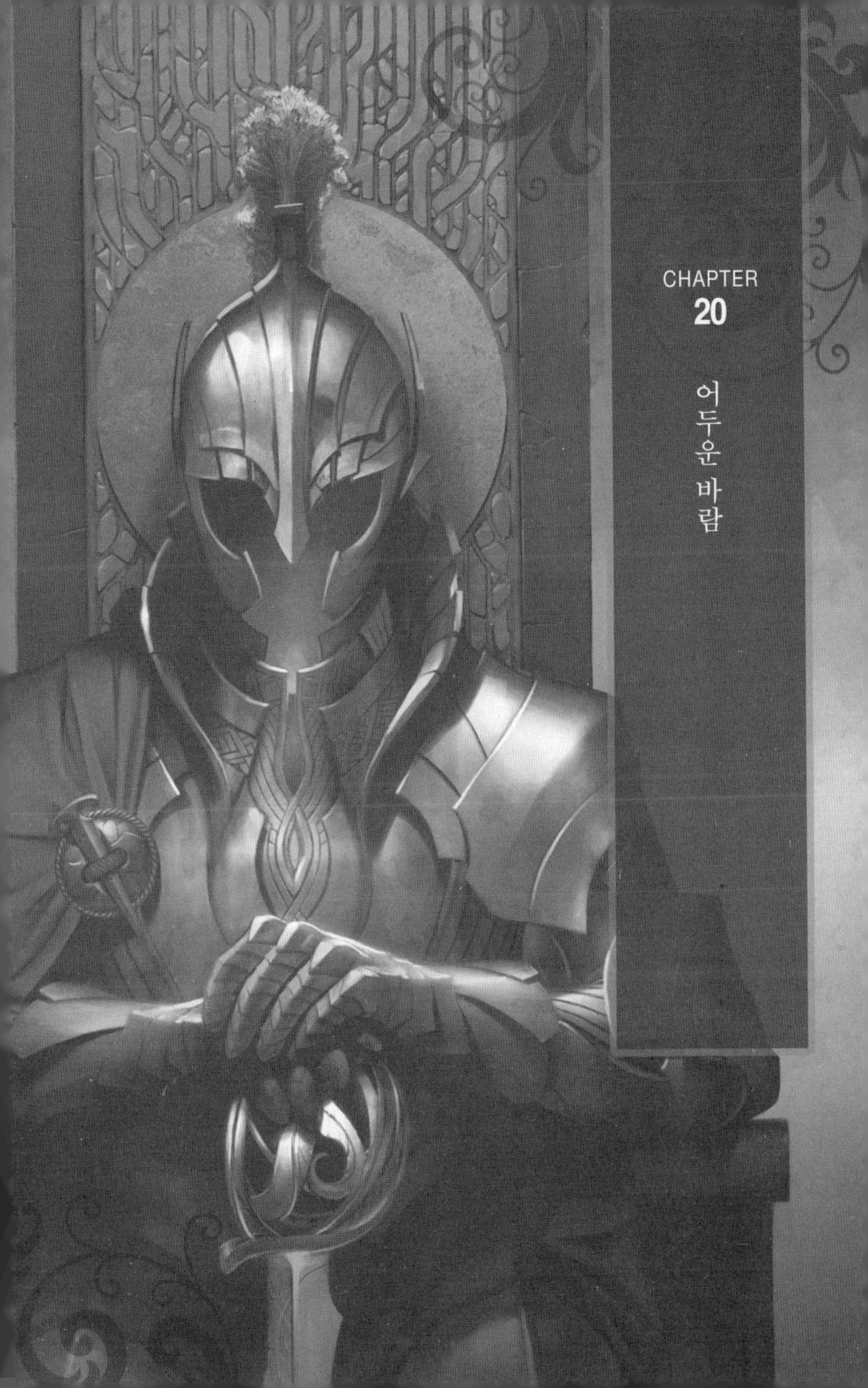

Master of Fragments

여명이 밝아오는 새벽.

차가운 바람에 외투의 앞깃을 여미며 가로등을 옮겨 다니는 남성이 있었다. 밤새 켜져 있던 칼라탄 가로등을 끄기 위해 아침 일찍 자신의 구역을 돌고 있는 등불지기다.

그는 엘런 1가의 일을 마치고 2가로 넘어가는 도중 제법 큰 크기의 건물 앞에 멈추어 섰다.

지어진 지 오래된 듯 붉던 벽돌은 검게 변해 있고 유리창은 죄다 깨져 있다.

창이 높아 안을 들여다볼 수는 없었고, 어두운 건물을 올려다보던 등불지기가 혼잣말로 중얼거렸다.

"그러고 보니 이 건물은 오랫동안 비어 있군. 벌써 1년 넘었나? 위치도 좋고 건물도 이만하면 쓸 만한데 왜 안 팔리나 모르겠군."

찬바람이 매섭게 불어왔다.

"으이구, 추워! 뭐, 내가 이 건물 걱정할 처지는 아니지. 어서 일 끝내고 집에 가서 따뜻한 수프나 한 접시 먹고 싶군."

등불지기가 다음 가로등으로 자리를 옮기려고 할 때 어둡던 건물의 유리창으로부터 파란 빛이 뿜어져 나왔다

"으윽? 대체 무슨 일이지?"

호기심은 이미 추위를 잊게 만들었다. 단단하게 닫힌 중앙문의 틈을 찾아보았지만 내부를 들여다볼 수 없었다. 등불지기는 건물의 벽을 따라 돌았다.

건물 뒤로 돌아가자 작은 쪽문이 나 있다. 역시 자물쇠가 엮여 있었지만 손가락이 들어갈 만한 틈이 있었기에 눈을 대어 건물 내부를 들여다보았다.

"뭐, 뭐지?"

건물 내에 검은 로브를 걸친 대여섯 명의 인물이 손을 모은 자세로 둥글게 서 있다. 그 중심으로 약 3멜리 높이의 푸른빛이 일렁이며 점차 커지고 있었다.

"으음, 마법사들인가? 그런데 이 변두리에서 뭘 하고 있는

것이지?'

"쯔쯧, 쓸데없는 데의 호기심은 명을 단축하는 법이지."

혀를 차는 소리에 놀란 등불지기가 급히 뒤를 돌아보았다.

"누, 누구……?"

하지만 그가 본 것은 검은 그림자와 녹색의 빛뿐이었다. 등대지기의 몸에 녹색의 불꽃이 붙더니 순식간에 고통과 함께 전신을 덮쳤다.

"끄아아악!"

허공을 몇 번 허우적거리던 등대지기의 몸이 녹아내리며 바닥에 질퍽하게 깔렸다.

처벅!

마법사의 검은 로브를 걸친 키 작은 남성이 질퍽한 땅을 밟으며 열쇠로 쪽문을 열었다.

후드를 끌어내리자 면도한 머리에서부터 볼까지 복잡한 문양의 문신을 한 남성의 얼굴이 드러났다.

감정이 섞이지 않은 눈동자로 마법사들이 만들어내는 푸른빛을 바라보고 있을 때, 마법사 중 한 명이 다가왔다.

"어서 오십시오, 마스터 쿨린."

그 마법사가 하찮다는 듯 인사조차 받지 않은 쿨린이라는 마법사는 사무적인 말투로 물었다.

"소환 결계는 언제쯤 완성되는가?"

"삼사 일이면 마무리될 예정입니다."

쿨린의 각진 턱에 힘이 들어갔다.

"이틀 내로 끝내게."

"하지만 마법진을 만드는 마법사들이 요즘 너무나 모자라다 보니……."

변명을 하려는 마법사에게 쿨린이 살기 어린 눈빛을 보낸다.

"무엇보다 이 일이 우선이다. 그분들께서 손꼽아 기다리고 계시는 일이야. 그리고 시민들의 눈에 띄지 않게 저 창문이나 조치를 취하도록. 네놈 역시 한 줌의 독수(毒水)가 되기 싫으면 말이지."

"네, 네, 알겠습니다."

겁을 집어삼킨 마법사는 쿨린의 명령을 받아들일 수밖에 없었다. 기한을 지키지 못해도 목숨은 내놔야겠지만 지금 당장 죽는 것보다는 나은 선택이다.

얼마 지나지 않아 건물의 창이 어두운 장막으로 뒤덮이며 푸른빛이 갈무리되었다.

*　　　*　　　*

이른 아침, 벨드는 쑤시는 몸을 이리저리 움직이며 아카데미로 향했다.

그런데 할레에서 막일로 단련된 몸이지만 하이져가 쓰지 않는 근육을 집요하게 혹사시켰기에 근육통을 호소할 수밖에 없었다.

"아, 정말 힘든 훈련이었어."

어제의 체력 훈련을 떠올리던 벨드는 고개를 절레절레 저었다. 손에 든 빵을 한입 베어 문 벨드는 걸으며 신문을 펼쳤다.

이제 아카데미로 가는 길을 확실히 알았기에 여유를 부리는 모습이다.

"발로인 생활을 하려면 역시 크고 작은 소식을 알고 있어야 해."

신문의 대부분은 둔켈과 룬아머러 간의 전투에 관련된 소식이었다.

막연한 두려움에 떨고 있는 시민들을 안심시키려는 목적으로 인해 대부분 승전보와 룬아머러에 대한 칭송이다. 두 번째 장을 넘기니 익숙한 이름이 거론되었다.

"아! 슈반스님이다!"

광창을 든 슈반스의 룬아머가 삽화로 들어가 있다.

"역시 청동 날개의 전과가 대단하구나! 셀린느님도 이 신문을 읽고 계시겠지?"

전선에서 치열한 전투를 벌이고 있을 청동 날개의 룬아머러들을 떠올리며 마치 자신의 일인 듯 뿌듯한 얼굴이 된다.

다시 한 장을 넘기자 구석 작은 칸에 '앨리 나이츠'에 대한 기사가 실렸다.

아무 생각 없이 읽어 내려가던 벨드가 자신의 이야기임을 깨닫고 난처한 표정을 지었다.

"아! 이거 정말 길드장님께서 아시면 노발대발하겠군."

엘락이 빠지지 않고 나타나 그의 신경을 긁었다.

'내가 뭐라고 했냐? 그러니까 모른 척하고 지나가자고 했잖아.'

"조용히 해! 그래도 후회는 없으니까! 난 떳떳하다고!"

혼잣말로 발끈 화를 내고 있을 때, 익숙한 목소리가 길 건너편에서 들려왔다.

"여, 벨드! 혼자 뭐라고 중얼거리고 있는 거냐, 정신 나간 사람처럼?"

고개를 돌려보니 장대 키의 로렌이다. 그리고 한 세트처럼 붙어 다니는 클로아가 그의 옆에서 손을 흔들어주었다.

"안녕, 벨드!"

"좋은 아침! 로렌, 클로아!"

마차가 한 대 지나가자 로렌과 클로아가 길을 건너왔다. 주변을 둘러보던 클로아가 호기심 섞인 목소리로 물었다.

"너 누구랑 이야기하고 있었니? 아무도 없는데?"

"어? 아냐. 뭔가 깊게 생각에 빠지면 혼잣말을 중얼거리는 버릇이 있거든. 하하!"

"이런 이상함도 매력이라는 걸까? 멋져, 벨드! 역시 남자는 잘생기고 봐야 해."

"하아, 오히려 네가 더 이상한 거 같아."

셋은 아카데미를 향해 걸음을 옮기기 시작했다. 주변을 두리번거리며 걷던 로렌이 뭔가 생각이 났다는 듯 벨드에게 물었다.

"아, 그러고 보니 편입생은 룬아머를 어떻게 맞추지?"

"그게 무슨 이야기야?"

"황립 룬아머러 아카데미는 졸업반 진급자들에 한해서 전년도에 룬아머를 주문 제작하거든. 그리고 곧 룬아머를 수여받게 되지. 그런데 너는 룬아머 주문을 하지 않았잖아?"

잠시 생각해 보던 벨드는 스스로 답을 찾을 수가 없었다.

"으음, 그런 게 있었군. 하이져 교수님과 상담해 봐야겠다."

"아, 그보다 어제 체력 훈련 대단했지? 너는 몸 좀 괜찮냐? 난 아침에 못 일어날 뻔했다니까."

"나도 비슷해."

"하지만 문제는 이제 레벨 6 훈련의 시작이라는 거다. 에휴, 앞이 깜깜해."

"네 말이 사실이라면 정말 걱정되는군."

앞으로의 훈련을 걱정하는 동안 어느새 아카데미의 정문에 닿았다. 룬아머를 이용한 훈련을 어떻게 받아야 할지 깊이 고심하고 있는 벨드의 옆구리를 로렌이 찔렀다.

"야, 벨드, 정문 앞에 이자벨 있다."

"이자벨?"

"데니언 선배의 여동생 말이야."

정문 쪽을 바라보니 눈에 확 띄는 미모의 그녀가 서 있다.

"정말이네? 왜 저 앞에 서 있지? 누굴 기다리고 있는 건가?"

벨드가 던진 질문의 답은 금방 알 수 있었다. 이자벨 역시 벨드를 발견했는지 수줍은 미소를 지으며 그에게 다가오고 있었다.

"아무래도 널 기다렸나 본데?"

"나를?"

"좋겠다, 자식. 저런 예쁜 애한테 호감도 얻고."

로렌의 말에 클로아가 피식 웃었다.

"원래 용기 있는 자가 미녀를 얻는 거라고. 어제 에드워드가 이자벨을 괴롭힐 때 아무것도 못했으면서……."

"왜, 왜 이래? 나도 결국 뛰어들어서 녀석들을 혼내줬다고!"

"세상은 2등을 기억하지 않는 법이지. 이자벨이 벨드에게 용건이 있나본데 우리는 자리를 피해주자."

"쳇, 그렇군."

클로아가 로렌의 팔을 잡아끌어 자리를 비켜주었다. 조금 어색한 얼굴을 한 벨드가 가까이 다가온 이자벨을 보며 서먹하게 인사를 건넸다.

"아, 안녕?"

그런 벨드의 얼굴을 보며 이자벨이 환한 미소를 지어 보인다. 연분홍빛의 입술이 살짝 벌어지며 고른 치아를 내보이자 벨드는 눈이 부심을 느꼈다.

뭐라 할 말을 잃고 있을 때 이자벨이 벨드의 손을 잡았다. 작고 보드라운 손이다.

'안녕하세요? 저는 이자벨이라고 해요.'

벨드는 익숙하게 심언으로 대답했다.

'으응, 나는 베르난드라고 해.'

'데니언 오빠에게 같은 반이라고 이야기 들었어요. 어제는 정말 고마웠어요.'

벨드가 멋쩍은 얼굴로 머리를 긁적였다.

'아냐. 녀석들을 보고 있기 힘들어서 멋대로 끼어든 거야. 많이 놀랐지?'

'저는 이제 괜찮아요. 오늘 꼭 감사 인사를 하고 싶어서 기

다리고 있었어요.'

'추운데 굳이 기다릴 필요는 없었는데……'

쑥스러움 때문에 감사 인사를 받지 못하는 벨드가 야속했
는지 이자벨의 안색이 어두워졌다.

그러자 벨드는 더듬거리며 당황한 얼굴을 했다.

'아, 알았으니까 그런 표정은 짓지 말라고. 잘 기다리고 있
었어.'

그제야 이자벨의 표정이 다시 환하게 밝아졌다.

'휴우, 훨씬 좋군.'

안심이 된다는 표정에 이자벨이 재미있다는 듯 웃었다.

'훗! 베르난드 씨는 정말 착한 것 같아요.'

'내가? 어떤 면이?'

'뭐랄까, 다른 사람이 곤란해 하거나 어려워하는 걸 그냥
못 지나칠 것 같다고나 할까. 어제의 일도 그렇고요.'

잠시 여러 일을 회상해 보던 벨드가 고개를 끄덕였다.

'음, 확실히 그런 면이 있는 것 같아. 그래서 내 친구 카일
은 늘 말썽만 몰고 다닌다고 구박하지.'

'호홋! 그럴 줄 알았어요.'

잠시 주변을 둘러보던 벨드는 시간이 지체되었음을 느꼈
다.

'이러다가 지각할 것 같은데 걸으면서 이야기할까?'

'네, 좋아요.'

심언으로 대화하기 위해 손을 잡고 걸으니 이상한 생각이 드는지 벨드의 시선은 계속 다른 곳을 향하고 있다.

'저, 베르난드 씨.'

그녀의 호칭에 벨드는 몸서리를 쳤다.

'으, 베르난드 씨라는 호칭은 좀 나이 들어 보이는데? 그냥 편하게 벨드라고 불러.'

'아, 벨드. 이쪽이 훨씬 느낌이 좋네요. 저, 벨드와 이렇게 대화를 하고 있는 게 꿈만 같아요.'

벨드는 잠자코 그녀의 이야기를 들어주었다.

'태어나서 가족을 제외한 타인과 대화를 나눈 건 처음이에요. 아마 벨드가 심언을 사용할 수 없었다면 고마움도 표하지 못했겠죠.'

기뻐하면서도 어딘가 슬픔이 깃들어 있는 그녀의 얼굴을 본 벨드가 분위기를 바꿨다.

'뭘 그렇게 감동하고 있어? 앞으로도 계속 이야기하면 되지.'

'정말 그래도 될까요? 괜히 불편하게 만드는 게 아닐까 해서요.'

'친하게 지내는 건데 불편하긴. 그런 생각은 안 해도 돼.'

이자벨은 자신도 모르게 벨드와 마주 잡은 손에 힘을 주었다.

'고마워요, 벨드. 친구가 되어줘서.'

'하핫! 나야말로.'

입가에 미소를 걸고 있는 이자벨의 얼굴을 훔쳐본 벨드는 뭔가 설레는 기분을 느꼈다.

그런 그를 지켜보고 있는 이가 있었으니 바로 엘락이었다.

'뭘 그렇게 설레고 있냐, 애송이?'

'남의 마음속을 마음대로 들여다보지 말라고! 넌 갑자기 왜 튀어나오는 거야?'

툭 끼어든 엘락에게 과민 반응을 하고 있을 때, 이자벨이 사슴 같은 눈동자로 벨드의 얼굴을 바라보고 있다.

'방금 누구와 대화한 거죠? 다른 목소리가 들렸는데.'

그제야 엘락과의 대화를 이자벨이 들을 수 있다는 사실을 안 벨드가 당황했다.

'어엇! 들은 거야?'

아무리 생각해도 당장 둘러댈 말이 없어 벨드는 식은땀을 흘리며 허둥댔다.

'이자벨, 오늘 반가웠어. 생각해 보니 수업에 늦을 것 같아. 나중에 다시 보자고! 하하!'

'저, 저기……!'

하지만 벨드가 그녀의 손을 놨기 때문에 더 이상 이야기를 전달할 수 없었다.

그녀의 유일한 대화 수단인 심언을 일방적으로 끊은 것에 대한 미안함을 표정으로 전달한 벨드는 손을 휘휘 흔들며 졸업반의 건물로 달려갔다.

이자벨의 얼굴에는 서운함보다는 의문이 가득 담겨 있다.

'넌 갑자기 왜 끼어들어서 상황을 이렇게 만든 거야?'

'우리의 대화가 심언이라는 걸 몰랐다.'

'에휴, 그나저나 어떻게 하지?'

'그냥 피해 다니면 되지.'

'친구로 지내기로 했는데 어떻게 그러냐?'

'그럼 사실대로 말하면 되잖아. 어차피 다른 사람들에게 말도 못하는 아이인걸.'

'으음, 조금 생각 좀 해봐야겠어.'

그렇게 머리를 쥐어뜯으며 교실에 들어섰다. 뒤편에서 벨드를 발견한 펠릭스가 자리에서 손을 흔들며 그를 불렀다.

"야, 벨드, 난리 났다."

"응? 무슨 일이야, 아침부터?"

가까이 가보니 로렌이 근심 가득한 얼굴을 하고 있는데, 팔짱을 끼고 서 있던 클로아가 고개를 절레절레 흔들며 대답해 주었다.

"에드워드가 아버지한테 일러바쳤나 봐. 아침부터 너희 셋과 데니언 선배가 호출되었어. 치사한 자식 같으니라고!"

"응? 데니언 선배까지? 선배는 싸우지도 않았는데?"

"에드워드 그 자식이 그런 걸 따지겠냐? 그냥 눈 밖에 나면 다 묶어서 나쁜 놈 만드는 거지."

얼굴을 구기고 있던 로렌이 말했다.

"아, 설마설마했는데 역시였어. 이제 어떻게 하지? 설마 퇴교 조치가 취해지지는 않겠지?"

클로아가 그의 추측을 부인했다.

"설마! 누가 크게 다친 것도 아니잖아?"

"하지만 꼬투리를 잡으려고 하면 못할 것도 없지."

펠릭스가 자리를 털고 일어났다.

"에휴, 여기서 아무리 생각해 봐야 답은 나오지 않는다. 일단 조금 희망이 있는 건 하이져 교수님께서 불렀다는 거지. 교무회의실이 아니라."

곰곰이 생각해 보던 로렌이 펠릭스의 이야기에 고개를 끄덕였다.

"그런 것 같네."

교실 안을 둘러보던 벨드가 물었다.

"데니언 선배는?"

"방금 나갔어. 이자벨을 만나고 바로 하이져 교수님 집무실로 온다고 하더군."

"흐음, 그럼 가볼까?"

"맞을 매라면 먼저 맞는 게 나을 테니까."

클로아가 불쌍하다는 듯한 표정으로 배웅해 주었다.

"그럼 제군들, 건투를 빈다!"

뭐라고 대답을 할 수 없던 벨드와 친구들은 어깨를 축 늘어뜨리며 교실을 나섰다.

*   *   *

이번 사건의 주모자 셋이 하이져 교수의 집무실에 불려와 있다.

고불고불하던 하이져의 머리카락이 곤두서 있는데, 그가 얼마나 크게 화를 내고 있는지 보여주는 듯하다.

툭, 툭, 툭.

진정하지 못하는 마음을 드러내며 손가락으로 책상을 두들기고 있을 때, 노크 소리가 들렸다.

똑똑!

"데니언 크로비스입니다."

주먹을 꽉 쥔 하이져가 분노를 삼키며 대답했다.

"들어와!"

조금은 숙연한 얼굴의 데니언이 집무실로 들어왔다. 그는 미리 와 있는 로렌, 클로아 그리고 벨드를 지나쳐 하이져 앞에 섰다.

"부르셨다고 들었습니다, 하이져 교수님."

하이져가 주먹으로 탁자를 내려치며 외쳤다.

"너희들은 대체 어제 무슨 일을 벌인 거냐! 데니언, 로렌, 펠릭스, 그리고 어제 처음 온 베르난드까지! 아침부터 이사회에서 너희들을 엄중 처벌하라는 연락을 받았다!"

지금 변명을 해봐야 하이져에게 먹히지 않는다는 사실을 경험상 잘 알고 있는 데니언이 고개를 푹 숙이며 자신의 잘못을 인정했다.

"드릴 말씀이 없습니다."

"규율회의 소집을 미루느라 얼마나 다른 교수님들께 사정했는지 아느냐?! 그렇지 않아도 데니언 네 녀석에 대한 교수들의 시선이 곱지 않은데 새 학기부터 이런 사고를 치다니!"

뭐라고 심한 소리를 하려다 마음을 진정시킨 하이져가 물었다.

"흐음, 대체 그 소란을 벌인 이유나 들어보자!"

데니언의 예상대로 하이져가 변론의 기회를 주자 차근한 목소리로 대답했다.

"제 여동생이 올해 미케닉 학부에 입학했습니다. 매년 그렇듯 미케닉 학부의 신입생들을 보기 위해 몰려온 에드워드와 언쟁이 생겼습니다. 그 와중에 성질을 참지 못한 제가……."

데니언이 자신의 잘못을 인정하려고 할 때 벨드가 그의 말을 자르며 끼어들었다.

"죄송하지만 제가 한 말씀 드리겠습니다."

갑자기 벨드가 끼어들 것이라고 생각을 못한 하이져가 그를 바라보았다.

"으음? 베르난드 네가?"

잠시 심호흡을 한 벨드가 뭔가 큰 결심이라도 한 듯 말했다.

"사실 제가 데니언 선배의 여동생을 좋아하고 있습니다."

"에엑?!"

옆에서 로렌과 펠릭스가 놀라움에 나직한 비명을 질렀지만, 벨드는 아무렇지도 않게 말을 이어갔다.

"그래서 에드워드가 데니언 선배의 여동생에게 치근덕거리는 것을 참지 못하고 먼저 주먹을 날렸습니다. 데니언 선배와 동기들은 그런 저를 도와준 것이고요. 에드워드에게 물어보면 누가 먼저 시비를 걸었는지 말해줄 것입니다."

벨드의 이야기를 듣고 있던 데니언을 비롯한 친구들의 눈이 휘둥그레졌다. 하이져가 의아한 얼굴로 되물었다.

"그것이 사실이냐? 이제 막 편입해 온 녀석이 데니언의 동생을 좋아한다고?"

"네, 첫눈에 반했죠. 교수님도 보면 아시겠지만 눈부시게 예쁩니다."

"베르난드의 이야기가 사실이냐, 데니언?"

갑작스러운 물음에 데니언은 자신도 모르게 대답했다.

"네, 네, 이자벨은 아주 예쁩니다."

잠시 아무 말 없이 벨드와 데니언의 얼굴을 살펴보던 하이져가 나직한 한숨을 내쉬었다.

"후우, 혈기왕성한 나이에 이성 때문에 문제를 일으키는 일은 종종 있지. 너희들의 말이 사실이라면 나는 더 이상 추궁하지 않겠다."

벨드와 데니언, 그리고 동기들은 안도한 표정이다.

"하지만 너희들에게 이야기를 듣고 다시 규율회의에서 이에 대한 의논을 하기로 했다. 일단 지금은 물러가거라. 나중에 다시 경과를 이야기해 주마."

"넷!"

"그리고 다른 교수님들에게 보여주기 식의 체력 훈련을 시행하도록 하겠다. 너희들은 방과 후에 모두 연무장으로 집합하거라."

"네, 넷!"

하이져의 집무실을 나온 그들은 아무 말 없이 본관 건물 밖으로 나왔다. 앞만 보고 걷던 데니언이 걸음을 멈추며 벨드에게 말했다.

"왜 그런 이야기를 꺼낸 거지?"

"뭘요. 제가 먼저 그 녀석을 때린 건 사실인데요."

"너 혼자 모든 일을 뒤집어쓸 수도 있다는 사실을 알고 그런 거냐?"

잠시 데니언의 이야기에 대해 생각해 보던 벨드는 얼떨떨한 미소를 지었다.

"아, 아뇨. 정말 그럴 수도 있겠네요."

"편입하자마자 퇴교당하면 어떻게 하려고?"

"으음, 역시 아직 생각해 본 적 없어요. 아마 제가 알고 계시는 누군가가 노발대발하시겠죠."

어처구니없다는 얼굴로 벨드를 바라보던 데니언이 나직한 한숨을 내쉬었다.

"정말 대책 없는 녀석이군."

"하… 하, 좀 그렇죠?"

"최대한 그런 일이 일어나지 않도록 나도 노력해 보마. 될지는 모르겠지만 여러 교수님들을 설득해서라도……."

"고마워요, 선배. 어제 처음 본 저를 위해서……."

데니언은 멋쩍은 표정을 지으며 딴 곳으로 시선을 돌렸다.

"흠흠! 그럼 하나만 물어보자."

"네."

"너 정말 내 동생 이자벨에게 관심이 있는 것은 아니겠지?"

"훗! 하이져 교수님이 왠지 열혈의 성격이신 듯해서 둘러 댄 거예요. 왠지 그렇게 말하면 이해해 주실 것 같아서……."

"음, 아니면 됐다."

데니언은 여전히 냉랭한 말투였지만 한결 누그러진 표정으로 먼저 걸어나갔다. 그제야 기회를 잡은 로렌이 벨드의 곁으로 다가와 물었다.

"너 정말 대책 없는 녀석이구나?"

"아아, 너무 여러 번 듣는 말이군. 나도 충분히 아니까 그만 해달라고. 정작 저지르고 나니까 마음 한구석이 불편하거든?"

"알았다. 도와줄 수가 없어서 미안하다, 야."

"됐다. 어차피 내가 저지른 건데."

잠시 벨드의 눈치를 살피던 펠릭스가 물었다.

"그런데 솔직히 말해봐. 너 정말 이자벨한테 관심 있는 거 아니냐?"

"정말 아니거든. 아직은 말이지."

펠릭스가 흥분하며 물었다.

"아직은? 그건 무슨 말이냐?"

"사람 일을 어떻게 절대적으로 말할 수 있겠냐? 야, 늦겠다. 우리도 빨리 수업에 들어가자."

"애매한 자식 같으니라고."

벨드와 동기들은 데니언의 뒤를 서둘러 따라붙었다.

CHAPTER 21

마법사

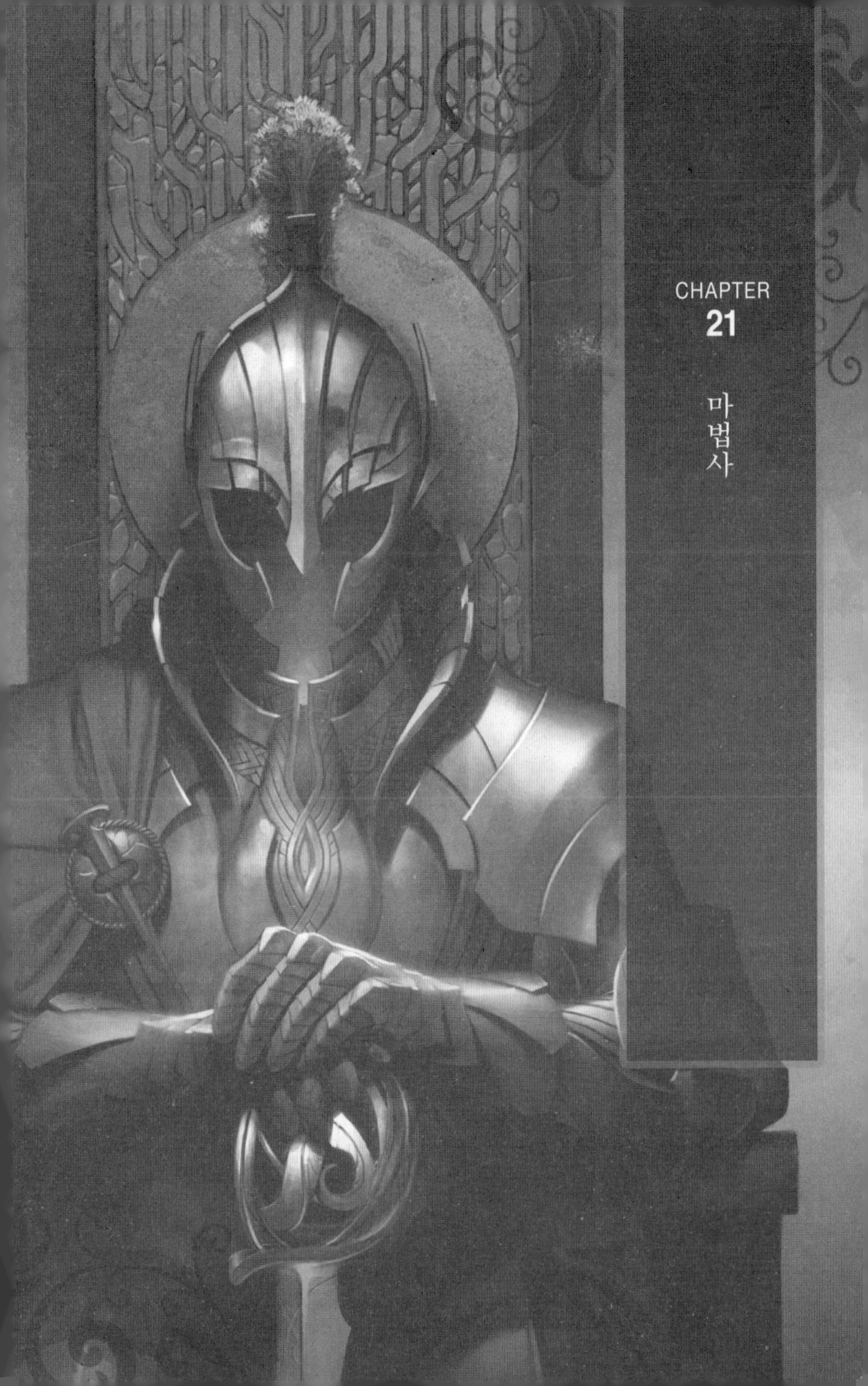

Master of Fragments

　수십 채의 폐가가 군집해 있는 발로인 외곽 폐촌. 발로인의
도시 상수도 계획에서 제외되어 사람들이 떠난 마을이다.

　짧고 굵직한 손이 푸석하게 썩은 나무문을 밀었다. 빛이 닿
는 경계 너머로 끝을 알 수 없는 어두운 통로가 이어져 있다.

　검은 로브를 걸치고 후드를 깊게 눌러쓴 키 작은 인물이 어
둠 속으로 발을 들여놓았다.

　터엉!

　문이 닫히자 세상은 완벽한 어둠 속에 빠졌다. 로브의 인물
이 손을 내밀었다.

손끝으로 은은한 빛이 맺히기 시작하며 주변을 밝혔다.

검고 차가운 벽돌로 만들어진 통로가 완만한 경사를 이루며 아래로 이어져 있다.

뚜벅! 뚜벅! 뚜벅!

퀴퀴한 곰팡내를 맡으며 한참을 걷던 그의 앞에 녹슨 철문이 나타났다.

잠시 발걸음을 멈추고는 뜸을 들인다. 아무런 소리가 들리지 않음을 확인한 그가 철문에 손을 대었다

"Rarke el rocher."

어디에서나 있음 직한 녹슨 철문의 표면 위로 복잡한 도형과 룬 언어가 떠오르며 빛났다.

구구구궁!

별다른 힘을 쓰지 않았음에도 철문이 좌우로 열렸다. 내부로부터 밝은 빛이 쏟아졌다.

후드의 인물은 자신의 얼굴이 드러나는 것이 싫었는지 더욱 후드를 아래로 내렸다.

실내로 들어가자 한 인물이 단조로운 나무 의자에 앉아 있다.

그 역시 별다른 특징 없는 로브의 후드로 얼굴을 가리고 있었지만 하얗고 긴 수염이 밖으로 흘러내려 있다.

그가 입을 열었다. 목에 쇠를 붙인 듯 거슬리는 목소리다.

"조금 늦었군, 마스터 쿨린."

방 안에 들어온 쿨린이 무릎을 꿇었다.

"용서하십시오, 로드(Lord)! 다른 이들의 이목을 끌지 않으려다 보니 조금 늦었습니다."

"뒤따르는 자는 없었겠지?"

"물론입니다, 로드."

"좋아, 지금 전황은 어떻게 돌아가고 있나?"

쿨린이 굵직한 목소리로 차분하게 대답했다.

"소환사들이 지정한 장소에 소환 결계를 축조하여 연방제국 전역에 총 500여 마리의 둔켈을 소환했습니다. 황실에서 파견한 룬아머러들이 네 개의 제후국으로 흩어져 둔켈들과 대적 중입니다."

"룬아머러들의 피해는?"

"대부분 중경상자일 뿐 아직 사상자는 없습니다. 수는 많지만 대부분 클레이급과 마이덴급이라 룬아머러 측이 우세라 볼 수 있습니다. 예상치 못하게 소환된 엑스터급 둔켈 두 마리 중 한 마리는 이미 소멸되었습니다. 한 마리는 저희의 능력으로는 제거할 수 없어 발로인 침공에 투입할 예정입니다. 붉은 랜스 길드의 실력도 볼 겸 해서 말입니다."

"흐음, 좋은 생각이로군. 본 탑의 상황은?"

"예상했던 대로 룬아머 파츠 제작 의뢰가 급증하였습니다.

탑에 소속된 마법사와 마도사들이 투입되는 중입니다. 이번 겨울이 가기 전에 작년의 전체 수입을 넘어설 것으로 보입니다."

수염에 덮여 있던 노인의 검은 입술이 기묘하게 끌어당겨졌다. 만족의 웃음이다.

"좋군. 앞으로 1년만 지속된다면 황실은 더 이상 대 둔켈 전투의 경비를 감당하지 못할 것이다. 그리고 결국 황권은 약화되고 룬아머러들은 파츠를 유지할 수 없게 되겠지. 곧 다시 마법사의 세상이 돌아오게 될 것이다."

"미리 앙축드립니다."

"크크크! 나만의 영광은 아니지 않나, 마스터 쿨린?"

잠시 노인의 눈치를 보던 쿨린이 조심스럽게 물었다.

"하지만 '그자'와 손을 잡을 필요가 있었겠습니까? 이번 일의 계획과 실행은 본 탑의 힘만으로도 충분했을 텐데요."

"크큭! 가장 치명적인 균열은 내부에서 시작되는 것이다. 그자가 이번 기회에 황실의 권력을 잡게 된다면 그 또한 우리에게 유리하게 작용할 것이다. 또 그가 아니었다면 이렇게 빠르게 룬아머러들을 움직일 수 없었을 테지."

"만에 하나 그자가 다른 뜻을 품는다면 어떻게 하시겠습니까?"

쿨린의 물음에 미소를 띤 노인은 자신의 목에 걸린 목걸이를 내밀었다. 붉은 보석이 펜던트 한가운데서 반짝이고 있다.

"크크큭! 이것을 사용하는 것이지. 그리고 그와 함께 이 땅에서 룬아머러를 모두 말살하는 것이다."

"흐흐홋! 그렇군요. 역시 로드십니다."

잠시 뜸을 들인 노인은 자신들밖에 없음에도 목소리를 더 낮추며 물었다.

"발로인 침공 계획은 어떻게 되어가고 있지?"

"이틀 후면 발로인의 소환 결계가 완성됩니다. 언제든지 명령만 내려주십시오."

"흐흐흐흐, 곧 시간이 다가올 곳이다. 이 무능하고 나태한 자들의 도시 발로인에 불의 철퇴가 내릴 것이다."

"물론입니다, 로드."

"그만 물러가도록. 필요할 때 다시 부르겠다."

쿨린은 예의를 취하고는 몸을 일으키며 빠르게 방을 나섰다.

끼이이익!

녹슨 경첩 소리를 내며 외부의 나무문이 닫혔다. 외부로 나오자 쿨린은 주변의 폐가들을 둘러보더니 나직한 목소리로 중얼거렸다.

"Gerak de skane du!"

주변의 생명체를 찾는 고급 감지 마법이 펼쳐졌다. 맞은편의 2층 건물을 바라보며 파란 눈동자를 빛낸 그가 손을 휘둘렀다.

"Exolem e bale!"

룬 언어의 시동어를 외치며 폭렬 마법이 그의 손에서 발현되었다. 붉은색의 화염구가 날아가 건물에 직격되었고, 큰 굉음이 터졌다.

콰아아앙!

땅이 흔들릴 정도의 충격이다. 사방으로 벽돌 파편이 튀고 먼지가 뿌옇게 흩어졌다.

순식간에 작은 집 한 채가 작은 벽돌 조각으로 화했다. 그곳에서 아무것도 발견되지 않자 쿨린은 고개를 갸웃거렸다.

"으음? 쥐새끼였나? 하긴, 생명력이 너무나 미약하긴 했어."

두 눈으로 확인하고 나서야 안심한 그는 후드를 내려 얼굴을 가리며 그 자리를 빠르게 떠났다.

그로부터 얼마 후, 바닥에 쌓인 벽돌 무더기가 움직이며 좌우로 갈라졌다.

우두두둑.

허공의 빛이 일그러지는가 싶더니 섬세한 문양이 세겨진 은색의 룬아머를 걸친 이가 그 자리에 모습을 드러냈다.

룬아머가 해제되자 은색의 머리카락이 흘러내렸고, 요정

족임을 나타내는 뾰족한 귀가 드러났다.

청동 날개의 게하드다. 그는 옷에 묻은 먼지를 툭툭 털어내며 중얼거렸다.

"요즘 만나는 마법사들은 죄다 금지당한 공격 마법을 캐스팅하고 돌아다니니… 과연 구린내가 풀풀 풍기는군. 어느 방향으로 움직이고 있지?"

게하드의 계약자인 바람의 하급 정령 에스릴이 대답했다.

"현자의 탑 방향입니다, 주인님. 곧 탐지 범위에서 벗어날거예요."

"일단 현자의 탑을 의심하고 있는 길드장님의 예측은 들어맞고 있는 듯하군. 어디 이 음침한 녀석들이 무슨 일을 꾸미고 있는지 가볼까?"

게하드의 룬아머가 소환되며 그의 몸을 투명하게 만들었다.

바람이 살랑 불어오는 것이 느껴지더니 그의 기척이 사라졌다. 풍화된 건물과 정적만이 남아 있다.

*　　　*　　　*　　　　♥

해가 뉘엿뉘엿 서쪽을 향해 넘어가고 있다.

벨드와 하교 방향이 같은 로렌, 클로아가 함께 초저녁 거리를 걷고 있다.

엉거주춤하게 걷고 있는 벨드와 로렌을 바라보며 클로아가 빙글빙글 웃었다.

"호홋! 정말 대단하던데? 그 훈련을 사람이 다 해낼 수 있다니 놀라웠어. 벨드, 로렌. 다시 봤다."

바로 어제 사건에 대한 벌로 하이져의 특별 훈련을 받고 나오는 그들이다.

로렌이 풀린 다리에 애써 힘을 넣으며 짜증난 얼굴을 했다.

"너, 그렇게 놀리는 거 아니다. 어제는 비겁하게 뒤에서 구경만 한 주제에."

"난 여자라서 남자들의 의리 같은 건 잘 모르겠는걸. 위험해지면 도와주겠지만 벨드는 충분히 잘 싸우고 있었다고. 너나 펠릭스가 도와주지 않더라도 금방 해결할 수 있는 문제였어. 내가 보기에는 문제만 크게 만든 거라고."

"너, 그 말이 날 더 비참하게 만든다는 거 아냐? 괜히 참견했다가 벌만 받고 있다는 거 잖아!"

기운 없는 얼굴을 한 벨드가 둘 사이에 끼어들었다.

"아냐. 로렌과 펠릭스 덕분에 쉽게 끝난 거라고."

"역시 벨드는 겸손하기까지 하네."

그렇게 한동안 실없는 이야기를 하며 걷던 세 친구는 메이튼 가에 접어들며 벨드와 방향이 달라 서로 헤어졌다.

혼자가 된 벨드가 굶주린 배를 매만지며 청동 날개 길드를 향해 걸음을 옮겼다.

"응? 누구지?"

조금 떨어진 곳에 여성이 서 있다. 눈에 익숙한 황립 룬아머러 아카데미의 교복을 입고 있기에 그의 시선을 끌어당긴 것이다.

아직 등불지기들이 가로등을 밝히기 전이기에 조금 더 다가가서야 그녀가 누구인지 알 수 있었다.

"이자벨, 여기서 뭘 하고 있어?"

벨드의 얼굴을 발견한 이자벨이 환하게 웃었다. 그녀는 입을 벙긋거리며 다가왔다.

그것이 인사라는 것을 쉽게 알아들을 수 있었다.

"어, 안녕?"

이자벨이 심언으로 대화를 나누기 위해 손을 내밀자 벨드는 자연스럽게 그녀의 손을 마주 잡았다.

'놀랐잖아. 여기는 어떻게 와 있는 거야? 누구라도 기다리고 있었던 거야?'

'응, 벨드를 기다리고 있었어요.'

'나를? 내가 이곳을 지나간다는 걸 어떻게 알았지?'

'메이튼 가에 산다는 이야기를 들었어요. 친구인 펠릭스에게요. 데니언 오빠가 펠릭스와 하교하는 걸 만났거든요.'

'그럼 언제 올지도 모르는데 지금까지 여기서 기다렸다는 거야?'

'네. 아무래도 오전에 도망치듯이 가버리신 게 마음에 걸려서요. 너무 궁금해서 내일까지 참을 수가 없었어요. 그 목소리도⋯⋯.'

'그것 때문에 기다렸다는 거야?'

'제가 봐도 좀 이상할 정도로 호기심이 많거든요. 오빠도 못 말릴 정도로.'

'아, 그⋯⋯.'

벨드가 뭐라 이야기를 할 때 익숙한 목소리가 들렸다.

"야, 벨드, 거기서 뭐 하고 있⋯⋯."

카일이었다. 빵을 사러 다녀오는지 품에 가득 빵을 안고 있던 카일이 하던 말을 차마 다 끝내지 못하고 있었는데, 벨드와 이자벨이 손을 마주 잡고 있는 모습에 충격을 받은 듯했다.

"너 이틀 만에 여자 친구를 만들어 버린 거냐?! 이 형님에게는 아무 말도 없이?"

"그, 그게 아니라고! 이쪽은 이자벨이야. 음, 그러니까 미케닉 학부의 후배라고."

"그럼 황립 룬아머러 아카데미는 여자 후배와 손잡고 다니는 훌륭한 전통이라도 있는 거야?"

카일의 물음에 또 다른 익숙한 목소리가 대답했다.

"그런 전통 따위 없어. 그보다 왜 이렇게 빵 사오는 데 시간이 걸리는 거야? 배고파 죽겠다고."

뒤를 돌아보니 청동 날개 길드의 문을 열고 나와 있는 크리스가 있었는데, 이자벨 역시 그녀를 알아보는지 놀란 표정이다.

"벨드, 그 여자애는 누구야? 교복을 보아하니 미케닉 학부 신입생인 것 같은데… 벌써 한 명 건진 거야? 아무튼 순진한 척하면서 카일하고 똑같구나?"

벨드가 억울함에 버럭 소리를 질렀다.

"그, 그런 게 아냐! 사정이 있다니까!"

뭐라고 해명을 하려는데 크리스가 흥미 없다는 듯 몸을 돌렸다.

"아니면 말고. 괜찮으면 그렇게 서 있지 말고 들어와. 식사 시간인데 저녁이나 같이 먹자. 빨리 들어와, 카일."

"으, 응."

카일이 들어간 입구를 바라보던 이자벨이 명패를 보고 놀란다.

'여기는 청동 날개 길드?'

놀라움 반 궁금함 반의 눈빛으로 바라보자 벨드가 고개를 끄덕였다.

'응, 사실 여기에서 살고 있어. 길드장님인 헥터님이 내 숙부님이시거든.'

'아아! 놀랍네요. 그 유명한 청동 날개 길드의 연고자라니…….'

'놀라울 것까지야. 뭐 이렇게 되었으니 식사나 하자.'

'네, 괜찮다면…….'

카일은 창을 통해 둘의 일거수일투족을 날카로운 눈빛으로 바라보고 있다.

그것은 부러움과 선망의 눈빛이다.

넓은 테이블을 앞에 놓고 네 사람이 모여 앉았다. 식사를 하면서도 룬아머 정비에 관련된 책을 놓지 않고 있는 크리스, 허겁지겁 음식을 입에 넣고 있는 카일, 그리고 벨드와 이자벨은 영 불편하게 식사를 하고 있다.

빵을 한 조각 뜯어 입에 넣은 벨드가 질겅질겅 씹으며 말했다.

"야, 크리스, 손님을 초대해 놓고 책 읽으면서 식사를 하는 건 무슨 예의야?"

크리스는 여전히 책에서 눈을 떼지 않았다.

"응? 뭘 그렇게 정석적으로 생각하는 거냐? 그냥 배고플까 봐 밥이나 먹고 가라고 청한 거야. 예의 따위를 지켜야 할 자리는 아니라고. 그보다 그 아이는 아까부터 아무 말도 하지 않던데 그거야말로 예의 차리는 사람들한테는 무례한 거라고. 나야 아무 상관없지만."

"이자벨은 말을 할 수 없어. 물론 듣지도 못하지."

그제야 크리스가 책에서 눈을 뗐다.

"으응? 그런 거야? 난 또 엄청 대단한 집안에서 태어나서 다른 사람과 말 섞는 걸 싫어하는 줄 알았지."

카일 역시 식사를 잠시 멈추고는 이자벨을 바라보며 말했다.

"호오, 그럼 카일 너는 어떻게 이자벨을 꼬실 수 있었던 거지? 말도 통하지 않는데. 역시 잘생기면 모든 게 다 된다는 건가?"

"얌마, 그런 게 아니라고 이야기하잖아."

잠시 이자벨의 눈치를 본 벨드가 그간의 이야기를 설명해 주었다.

그리고 실수로 심언을 통해 엘락의 존재를 눈치챈 이야기까지 이어지자 크리스가 이마를 짚으며 고개를 저었다.

"에휴, 넌 어디까지 사고를 쳐야 직성이 풀리겠냐?"

"어쩔 수 없었던 사고라니까, 사고!"

크리스가 이자벨을 바라보았다. 그녀는 순진한 눈을 끔뻑거리며 크리스를 마주 보았다.

"안녕? 나는 크리스라고 해."

크리스의 입모양을 보고 뜻을 알아들은 이자벨이 자신의 가방에서 종이와 펜을 꺼내어 적었다.

—저는 크리스티나 선배에 대해서 알고 있어요. 아카데미에서 아주 유명하시니까요.

"응? 그런가? 난 잘 모르겠어. 늘 조퇴만 하니까."

—다들 인정하는 천재시라고……. 이미 교수님들께서도 가르칠 것이 없다고 하시던 걸요.

"그보다 이자벨이야말로 대단한 실력을 가진 거 아냐? 듣지도 말하지도 못하는데 황립 아카데미에 입학할 수 있을 정도라면 보통의 재능으로는 안 될 텐데 말이야. 전공은?"

크리스의 말이 너무 길어서인지 입모양만으로 알아듣기에는 힘든 듯했다.

벨드를 바라보자 그녀가 무엇을 원하는지 눈치채고 손을 잡으며 크리스의 이야기를 전달해 줬다.

그러자 이자벨이 빙긋 웃으며 빠르게 글을 써내려갔다.

—전공은 인스톨러예요. 어려서부터 그림을 많이 그렸거든요. 그러다가 오빠의 제안으로 마법진 안착을 독학으로 공

부하기 시작했는데, 운이 좋았는지 아카데미 미케닉 학부의 입학을 허락받은 거죠. 현자의 탑에서도 제안을 받았지만 거기는 너무 분위기가 무겁고 무서워서 황립 룬아머러 아카데미 쪽을 택한 거예요.

함께 이자벨의 글을 읽던 세 사람은 그제야 이해가 된다는 듯 고개를 끄덕였다.

그러다 크리스가 뭔가 생각났다는 듯 무릎을 두들기며 그 자리에서 일어났다.

"아! 인스톨러라고? 이자벨과 함께 테스트해 볼 게 생겼어!"

잔뜩 흥분해 있는 크리스를 보며 카일이 물었다.

"뭔데 그렇게 호들갑이냐?"

"우리가 복조해낸 룬 언어로 직접 마나 코어를 구성해 보는 거야! 이자벨이 마법진 안착 기술을 가지고 있다면 모든 방면의 인력은 충원된 거니까! 특히 마법진 안착 기술은 아무나 가질 수 없어. 머리카락 절반 두께의 선작업을 해야 하는데 타고나지 않으면 거의 불가능한 일이거든."

"그게 벌써 가능한 거야?"

"아직은 복잡한 마법진 구성은 힘들겠지만, 전성 마법진 정도의 간단한 마법진은 가능할 듯해."

"전성 마법진?"

"응, 목소리를 전달해 주는 마법진 말이야. 룬아머러가 전투 시 장거리 통신에 쓰는 거 말이야."

크리스는 이자벨을 바라보며 빙긋 웃었다.

"전성 마법진이 완성되면 이자벨이 우리의 이야기를 들을 수 있을 테니까."

둘의 대화를 이자벨에게 전달해 주던 벨드가 깜짝 놀라며 되물었다.

"그게 가능해? 청각이 손상되어도 상관없는 거야?"

"흐음, 잘 모르는 게 당연하겠네. 사실 전성 마법진은 귀로 소리를 전달하는 것이 아니라 뇌에 신호를 전달하는 역할을 해. 암행 중에 소리가 들리면 둔켈들에게 포착당하기 쉽거든. 그래서 기본적으로는 텔레패스 마법진을 사용하는 것이지. 어떻게 보면 너희가 사용하는 심언과 비슷한 원리야."

누구보다 크리스의 원리 설명을 잘 알아듣는 이가 이자벨이었다.

─하지만 마법진을 구성하려면 마나 코어를 구축해야 하는데 원천 기술을 가지고 있는 현자의 탑을 통하지 않고서는 불가능해요. 또 마나 코어 구축에는 엄청난 돈이 들고요.

크리스와 카일이 자신 있다는 듯 씨익 웃었다.

"그건 걱정하지 않아도 돼. 이번에 대단한 발견을 했거든."

벨드 역시 그들이 뭘 하고 있는지 자세히 알 수 없었기에 의문을 가질 수밖에 없었다.

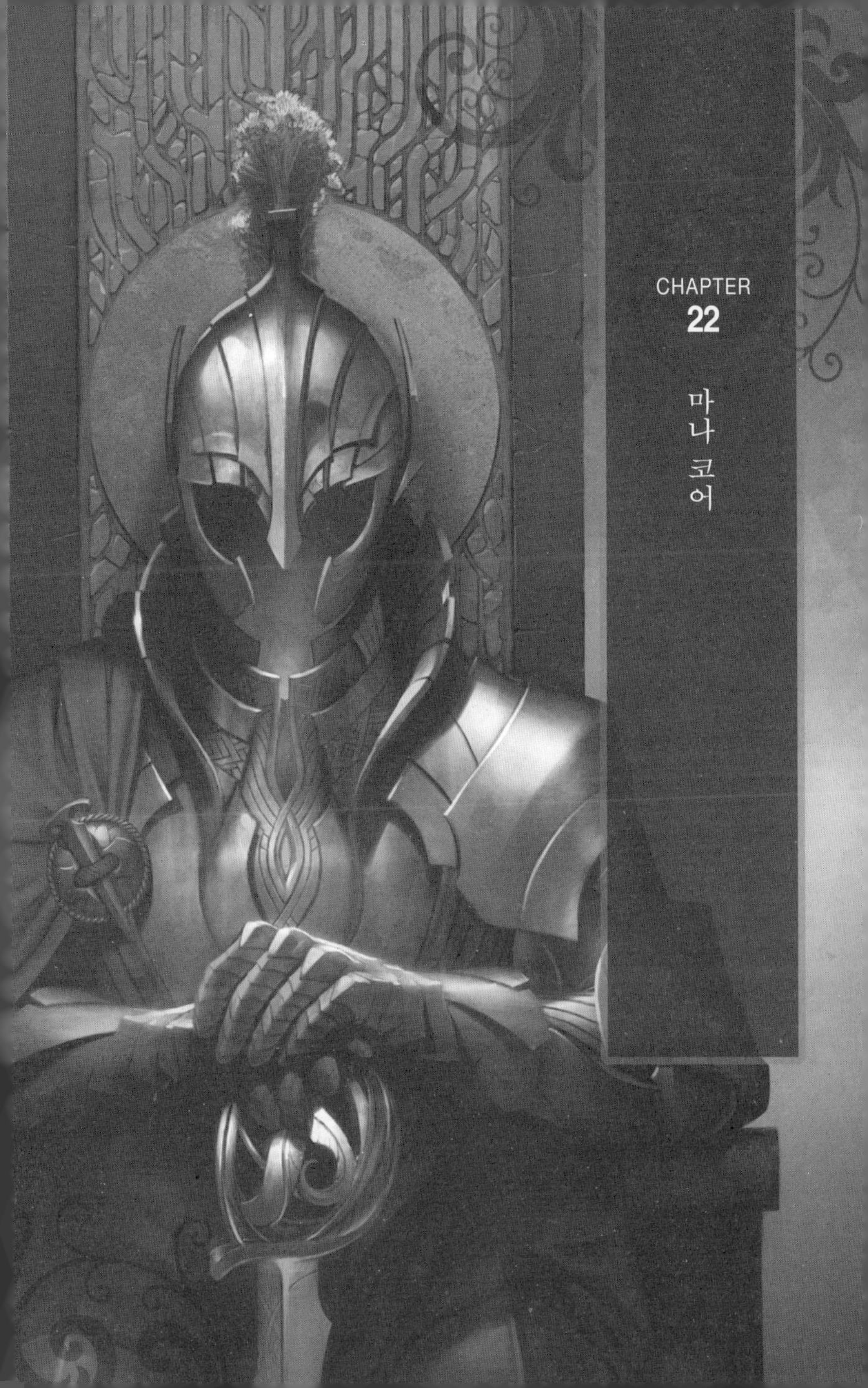

CHAPTER 22

마나 코어

Master of Fragments

깡! 까앙! 깡! 까앙!

망치질 소리가 멈추었다. 땀방울이 맺힌 얼굴을 손으로 쓱 문지른 페이튼이 고개를 돌렸다.

미케닉실로 들어오고 있는 벨드 일행을 바라보던 그는 이자벨을 바라보며 탄성을 질렀다.

"호오! 또 일행이 늘었군. 이번에는 상당한 미인인데?"

별다른 대꾸를 하지 않은 크리스가 페이튼에게 말했다.

"아저씨, 목에 걸 수 있는 펜던트 하나 만들어주세요. 크기는 직경 10셀리(약 9cm) 정도로요."

"응? 펜던트는 갑자기 왜?"

"헤에, 자신 없는 건 아니죠?"

페이튼의 너른 이마에 힘줄이 돋았다.

"무, 무슨 소리냐! 이 몸의 고조부께서는 황실에 납품하는 보석을 세공하는 장인이셨다! 그 기술이 고스란히 이 몸께 전해졌다는 말이다!"

"흐음, 보기 전에는 믿을 수가 있어야죠."

"어디 기다려 봐라! 소재는?"

"강도가 있어야 하니까 당연히 룬아머에 쓰이는 미스릴 합금. 그리고 12줄 이상의 마도석을 가운데 넣을 수 있게 해주세요."

"흠! 12줄이라면 마도석 크기만 해도 2셀리 이상 되겠군. 이거 가격이 상당히 되는데 경비 처리는 어떻게 할까?"

"아, 그걸 생각 못했네?"

입술을 잘근 씹으며 고심하자 둘의 대화를 듣고 있던 벨드가 오른손을 내밀었다.

손에 끼고 있는 장갑을 내보이며 물었다.

"이 마도석이면 어때?"

크리스가 그제야 생각났다는 듯 외쳤다.

"아! 이제 너는 마도석이 필요가 없겠구나? 그 정도면 충분한 출력이야! 어차피 이 마도석에 대해서는 지급 처리된 것이니 상관없어!"

벨드는 안심된 얼굴이다. 다시 의지에 불붙은 페이튼이 망치를 굳게 쥐며 외쳤다.

"좋아, 강하면서도 아름다운 펜던트를 만들어 보여주지!"

"좋아요!"

페이튼은 더 이상 묻지도 않고 자신과의 싸움에 들어갔다. 크리스는 일행을 바라보며 엄지손가락을 펼쳐 보였다.

자신의 작업 테이블로 간 크리스가 넓은 종이를 한 장 펼쳤다.

촤악!

"지금부터 나는 마법진 설계를 시작할 거야. 마도석의 마도력 증폭에서부터 시동 언어, 마도력의 분배 등등. 그리고 그것이 완성되면 이자벨이 설계된 마법진을 안착시키면 돼. 지금까지는 현자의 탑에서 마나 코어, 즉 마도력 증폭에 대한 기술을 독점하고 있었지만 이번에 카일과 함께 해석해냈어."

그녀의 설명을 전해 들은 이자벨이 깜짝 놀란 얼굴을 했다.

―마나 코어를 해석해 냈다고요? 사실이라면 정말 대단한 일이에요.

그녀의 메모를 읽은 크리스가 만족의 미소를 지었다.

"호홋! 제대로 작동하는지는 해봐야 알겠지만 어쨌든 마나 코어와 마법진을 안착시키는 데는 네 기술이 필요하니까 제대로 해야 해!"

―아직 자신은 없지만 최선을 다해서 해볼게요.

"좋아, 오늘 페이튼 아저씨와 내가 밤새 작업하면 내일쯤 준비가 될 거야. 그러니 이자벨은 내일 하교 후에 다시 들러 줘."

―네, 알겠어요. 그런데 정작 제가 여기 찾아온 이유는 듣지 못했네요. 그 목소리에 대해서요.

이자벨의 메모를 읽던 벨드는 슬쩍 넘어갈 수 있으리라는 기대가 무너지자 난색을 표했다.

"음, 어떻게 하냐, 크리스?"

"대충 둘러대서 납득할 만한 애는 아닌 것 같은데? 기왕 이렇게 된 거, 네 정체를 알려줘도 되지 않을까? 또 앞으로 네 룬아머에 대해서 도움 받을 일도 있을 것 같고."

"내 룬아머?"

"너 졸업반으로 편입한 거잖아? 그럼 결국 룬아머를 착용하고 훈련해야 할 텐데 가즈아머를 그대로 드러낼 수는 없잖아?"

"아! 그렇지 않아도 오전에 그 부분을 어떻게 해야 할지 고민이었는데……."

"네가 고민한다고 될 일이니? 길드장님과 그 부분은 의논

해 놨으니까 걱정하지 마. 만약 전성 마법진이 제대로 작동한다면 쉽게 해결할 수 있을 테니까."

"뭔진 모르겠지만… 어쨌든… 그럼 이자벨에게 가즈아머에 대해 이야기한다?"

크리스가 고개를 끄덕여 허락하자 벨드가 이자벨의 손을 잡았다.

"사실 그때의 목소리는……."

가즈아머에 대한 이야기를 시작하려고 할 때 엘락이 불쑥 끼어들었다.

'난 엘락이다. 겨울의 하급 신이자 얼음과 눈의 왕이지.'

벨드와 친구들의 얼굴을 번갈아보며 놀란 얼굴을 한 이자벨이 심언으로 대답했다.

'아, 바, 반가워요, 엘락님.'

'호오, 님 자까지 붙이는 걸 보니 어떤 녀석과는 다르게 예의가 있는 아이로군. 난 이 아이가 아주 마음에 든다, 벨드.'

벨드가 불쾌한 얼굴을 하며 끼어들었다.

'그 어떤 녀석이 나를 말하는 거냐?'

'왜? 찔리는 데라도 있는 거냐? 너라고는 말하지 않았다만?'

툭탁거리는 둘 사이에 이자벨이 가로막았다.

'엘락님, 그런데 어디에 계시는 거죠? 벨드의 몸속에 계시

는 건가요?'

'음, 뭐 간단히 설명하자면 그렇지. 난 원래 가즈아머에 종속된 하급 신. 그런데 주신께서도 가혹하시지. 이 녀석이 그 가즈아머를 소유하게 될 줄이야……'

'벨드가 가즈아머를 소유하고 있다고요?'

미케닉들에게 전설처럼 회자되고 있는 가즈아머를 만나게 되었다는 사실에 크게 놀라고 있다. 믿기지 않는다는 눈으로 벨드를 바라보았다.

'뭐, 여러 골치 아픈 일들이 생길까 봐 그 사실을 숨기고 있는 중이야. 생각지도 못하게 너에게 들키고 말았지만……'

'저… 괜찮다면 가드아머를 직접 볼 수 있을까요?'

잠시 크리스와 카일을 둘러보던 벨드가 고개를 끄덕였다.

"응, 별로 어려운 일도 아니니까."

이자벨의 손을 놓은 벨드가 손등으로 가볍게 마도력을 흘렸다.

과거에 비해 아주 자연스러웠다.

웅웅 하는 소리와 함께 파란 빛을 내뿜으며 손등으로부터 눈부신 아머가 뻗어 나왔다.

파앗!

어느새 순백의 아머가 벨드의 전신을 감싼 채 냉기를 흘리고 있다.

이자벨의 손이 가즈아머의 표면을 쓸었다. 차갑고 매끄러운 감촉이 전해진다.

오빠 데니언의 룬아머를 본적이 있지만 세밀한 부분의 만듦새가 인간이 만든 것과는 차이가 컸다.

그런 그녀를 보며 크리스가 말했다.

"처음 보면 정말 엄청 황홀하지. 상처를 내도 금방 아물어 버리는 금속이라니……."

어느 정도 눈으로 확인한 이자벨이 한 걸음 물러서자 가즈아머가 벨드의 손등으로 회수되었다. 다시 원상태로 돌아오자 이자벨이 그의 손을 잡았다.

"괴, 굉장해요. 이야기로만 듣던 가즈아머라니……."

"아무튼 네 오빠나 다른 친구들에게는 비밀이야. 네가 크리스를 도와줘야 할 일이 있어서 순순히 밝히는 것이니까."

"네, 약속 지킬게요."

카일이 심통난 목소리로 말했다.

"야, 언제까지 그렇게 손잡고 있을 거냐? 눈에 거슬린다고! 저 꼴 보기 싫어서라도 빨리 전성 마법진을 설치해야 할 텐데……. 내가 도와줄 일은 없냐, 크리스?"

"네가 도와줄 걸 감안해서 내일까지 완성된다는 거야."

"그, 그런 거냐?"

"당연하지. 마도력 분배율 계산은 엄청나거든. 다 조수가 할 일이야. 그런 면에서 너는 우수한 조수라니까."

"헤, 우수한 조수란 말이지?"

조금 띄워주자 금세 기분 좋아진 카일이다. 벨드와 이자벨은 가즈아머에 대해, 그리고 크리스와 카일은 전성 마법진에 대한 이야기를 더 나누고 헤어졌다.

*　　　*　　　*

다음날, 벨드와 이자벨은 아카데미가 끝나자마자 청동 날개로 향했다.

둘을 발견한 로렌을 비롯한 친구들은 의심스러운 얼굴로 바라보았지만 별다른 설명은 하지 않았다.

데니언에게는 청동 날개 길드에서 크리스가 자신을 위한 펜던트를 만들고 있다고 말한 상태이다.

사랑스러운 동생이 벨드와 함께 시간을 보내는 것이 껄끄럽긴 했지만, 동생이 거짓말을 할 리도 없고 벨드의 됨됨이가 괜찮다고 믿었기 때문에 말릴 수는 없었다.

오히려 청동 날개 길드를 구경하고 싶은 마음이었으나 체면상 벨드에게 부탁할 수는 없었다.

똑똑!

"네, 청동 날개 길드입니다."

문을 열어준 펠러가 벨드를 알아보고 가볍게 미소 지었다.

"어서 오십시오, 베르난드 도련님."

"안녕하세요."

"아! 이쪽 아름다운 분은 이자벨 아가씨로군요? 크리스티나 아가씨께 이야기 들었습니다."

간단한 이야기였기에 펠러의 인사에 고개를 가볍게 숙여 보였다.

"그럼 어서 들어오십시오. 식사는 하셨습니까?"

펠러의 물음에 벨드는 고개를 저으며 대충 대답했다.

"아뇨, 아직. 하지만 크리스, 카일과 함께 먹을 테니 저희는 신경 쓰지 마세요. 우선 처리해야 할 일이 있으니까요."

"으음, 매일 그렇게 식사 때를 지키지 않으면 건강을 해칠 수 있습니다. 어제도 밤늦게 식사를 하셨더군요."

"하하! 아직 젊어서 괜찮아요."

"아무리 젊다지만 나이 들어 고생할 수 있답니다. 크리스티나 아가씨나 카일 도련님은 잠도 통 자지 않으니……."

"그래도 어쩔 수 없죠."

그렇게 이야기를 한 벨드는 자연스럽게 이자벨의 손을 잡아끌었다. 처음에는 대화를 위해 어쩔 수 없이 이자벨의 손을 잡았지만 이제는 자연스럽기 그지없었다.

탈칵!

미케닉실의 문을 열고 들어가 보니 모두들 벨드와 이자벨을 기다리고 있었다.

작업대를 다 덮을 정도의 설계도가 놓여 있었는데, 복잡한 도형과 룬 언어가 얽힌 마법진이다.

확대경을 눈에서 떼어낸 크리스가 말했다.

"이쪽은 준비가 다 되었어. 이제 펜던트에 마법진을 안착시키면 끝!"

가까이 다가가자 페이튼이 이자벨에게 펜던트를 건네주었다.

"12줄의 마도석까지 박아놓았다. 마음에 들지 모르겠군."

입 모양만으로 페이튼의 말을 알아들은 이자벨이 크게 고개를 끄덕였다. 벨드가 말했다.

"너무 예쁘다고 전해달라네요. 그보다 저 큰 마법진을 이 작은 펜던트에 안착시킨다는 건가요?"

"그렇지. 거의 장인을 넘어서 초인의 경지에 이르러야 마법진을 안착시킬 수 있지. 극도의 끈기와 집중력, 섬세함이 겸비되어야 하거든. 그러니 타고난 재능이 아니면 마법진 안착은 무리라고 할 수 있지."

"아! 그래서 이자벨에게 부탁하는 것이군요?"

"그렇지. 미케닉에는 총 세 분야가 있지. 나처럼 본체를 만드는 쉐이퍼, 크리스처럼 마법진을 설계하는 엔지니어, 그리고 이자벨은 마법진을 안착시키는 인스톨러."

"그럼 현자의 탑에서는 무엇을 하는 거죠?"

그에 대한 대답은 크리스가 뾰로통한 목소리로 대신 해주었다.

"녀석들은 쉐이퍼의 일 빼고는 모든 것을 다해. 작업에 따라 금액이 달라지지. 하지만 설계와 안착을 모두 현자의 탑에서 맡아서 한다면 일손이 부족해지지. 그래서 그 일을 대신할 수 있도록 마법진 설계에 대한 규칙을 미케닉에게 열어주는 거야.

"아! 그럼 미케닉과 마법사들은 거의 비슷한 일을 하는 거구나?"

"미케닉과 마법사의 가장 큰 차이점은 마나 코어를 설치하느냐 못하느냐 하는 거야. 마나 코어 설치에 대해서는 철저히 비밀로 하고 있거든. 녀석들 밥벌이니까."

"그럼 너희들이 그 마나 코어를 해독했다는 거야?"

"그렇지!"

"대단한데?"

"이건 대단한 정도가 아니라고! 만약 정말 우리가 해독한 마나 코어가 작동한다면 룬아머 제작계의 엄청난 변화를 몰고 올 거라고."

"흐음, 그렇군."

"아무튼 이제 우리는 할 만큼 했으니 이제는 이자벨이 작업할 차례야. 자신 있어?"

벨드와 심언을 주고받던 이자벨이 눈빛에 의지를 불태웠다.

"오늘 각오하고 왔다고 하네. 가족들에게도 미리 말하고 말이야."

벨드가 이야기를 전달하는 사이 이자벨이 작업대에 앉았다.

한쪽에 준비되어 있는 도구들을 확인한 그녀는 심호흡을 하며 펜던트의 위치를 바로잡았다.

그녀는 도구를 하나씩 집어 사각거리며 펜던트 위에 마법진을 새겨 넣기 시작했다.

벨드와 친구들, 그리고 페이튼은 숨을 죽이며 그녀의 작업을 지켜보았다.

몇 시간이 지나자 집사인 펠러가 미케닉실로 찾아왔다. 그의 손에 빵조각과 치즈, 그리고 마실 거리가 든 쟁반이 들려 있다.

"아무도 안 주무시는군요. 다들 식사도 하지 않으시다니. 먹을거리를 좀 준비해 왔으니 들면서 하시죠."

벨드와 페이튼이 먼저 빵 한 조각을 집어 들었다.

"고맙군, 펠러. 잘 먹겠네."

"늘 귀찮게 해드리네요, 펠드 씨."

주름진 눈으로 웃음 지은 펠드가 고개를 내저었다.

"뭘요. 제 일이랍니다. 그보다 아직도 한참 남았습니까?"

잠시 이자벨의 뒷모습을 보던 페이튼이 입 안의 빵을 삼키며 대답했다.

"좀 더 남긴 했지만 생각보다는 훨씬 빠르게 진행되고 있는 중일세. 저 이자벨이라는 친구 솜씨가 보통이 아니야."

"호오, 그런가요?"

크리스 역시 차를 한 잔 따르며 페이튼의 말에 동의했다.

"현자의 탑이나 황립 아카데미에서 군침을 흘릴 만해요. 솜씨가 아주 깔끔하고 빠르거든요. 으응? 카일, 넌 뭐 안 먹을래?"

의자에 앉아 반쯤 넋을 놓고 이자벨의 작업하는 모습을 바라보고 있던 카일이 흐물거리는 목소리로 대답했다.

"난 됐어. 이자벨 양의 얼굴만 보고 있어도 배가 부르다고. 뭐랄까, 일에 집중하고 있는 여성의 모습이 이렇게 아름다울 줄이야."

"야, 난 매일 일에 집중하고 있다고! 그런데 그런 눈으로 본 적이 한 번도 없잖아!"

"으음, 스승님은 스승님이고 이자벨 양은 이자벨 양이니까."

"너!"

크리스가 뭐라고 소리를 지르려고 할 때 이자벨이 이마의 땀을 닦으며 작업 도구를 내려놓았다.

조금은 피곤해 보이는 얼굴이지만 뿌듯함이 배어나온다.

"벌써 다 된 건가?"

크리스가 다가가자 이자벨이 펜던트를 앞으로 내밀었다.

확대경으로 복잡하게 새겨진 마법진을 살펴보던 크리스가 감탄성을 터뜨렸다.

"대, 대단해. 이렇게까지 깨끗하게 마법진을 안착시키다니… 지금까지 만난 최고의 인스톨러야."

카일이 곁으로 다가와 펜던트를 살핀다.

"이자벨 앞이라고 너무 띄워주는 건 아니지?"

"들을 수나 있어야 띄워주지. 그리고 내가 입에 발린 말 하는 성격이냐? 살펴보라고."

확대경을 받아 든 카일이 펜던트의 마법진을 살펴보았다. 그 역시 탄성을 내지를 수밖에 없었다.

"이, 이건… 한 번에 안착했는데도 모든 선이 또렷하고 합선 역시 없어. 깊이 감도 좋아서 내구성도 대단하겠는데?"

"거 보라고."

벨드가 둘의 대화를 이자벨에게 전달해 주자 안도의 한숨을 내쉰다.

"도저히 이해가 가지 않아. 이제 막 입학했는데 어떻게 이렇게 완벽하게 작업할 수 있지?"

크리스가 묻자 이자벨이 노트에 필기했다.

─오라버니의 룬아머를 가지고 연습했어요. 워낙 조심성이 없어서 마법진 훼손이 심하거든요. 저희 집안이 재정적으로 여유가 있음에도 룬아머를 보수하고 유지하는 일은 부담스러운 일이니까요.

"잠깐, 데니언 선배가 룬아머를 수여받은 건 불과 1년. 그럼에도 놀라운 건 틀림없어. 1년 만에 이렇게까지 실력을 끌어올리다니……."

그녀의 감탄을 듣고 있던 카일이 투덜거렸다.

"언제까지 감탄만 하고 있을 거냐, 스승님. 마법진을 발동시켜 봐야지."

"아, 그렇지!"

카일이 펜던트를 이자벨에게 넘겨주자 그녀는 마도석의 후면에 그려진 마나 코어에 깊은 선을 그려 넣었다.

그로서 마도석과 마나 코어가 연결되자 마도석이 내뿜는 은은한 빛이 마법진으로 흘러들었다.

"자, 작동하고 있어! 마나 코어가 정상적으로 작동하고 있어!"

"정말이야! 우리가 정말 마나 코어를 만들어냈어!"

크리스와 카일의 얼굴이 기쁨으로 가득 찼다.

팔짝팔짝 뛰며 손을 부여잡고 뛰던 그들은 문득 어색함을 느끼며 물러섰다.

"카일, 수고했어."

"으, 응."

머쓱한 얼굴이 된 크리스가 은은한 빛을 내뿜는 펜던트를 들어 이자벨의 목에 걸어주었다.

"이자벨, 내 목소리가 들리니?"

이자벨의 얼굴이 환하게 밝아졌다. 펜을 든 그녀의 손이 바쁘게 움직인다.

―네, 너무 잘 들려요.

"아! 진짜 제대로 작동하고 있구나. 축하해!"

―정말 감사드려요.

"감사는 뭘. 이자벨이 마법진 안착을 못 시켰으면 아무짝에도 쓸모없었는걸. 하지만 12줄 마도석으로는 2년 정도에 한 번씩은 마도석 교체를 해줘야 해."

―12줄 출력의 마도석이면 가격이 상당하겠죠?

"그건 걱정하지 마. 청동 날개 길드에서 네게 몇 가지의 일을 부탁할 테니까. 그것만 맡아준다면 그까짓 마도석은 아무것도 아니거든."

―네, 알겠어요.

벨드 역시 웃으며 다가왔다.

"축하해, 이자벨. 이제 남들이 보는 앞에서 쑥스럽게 손잡고 다닐 필요가 없겠는걸."

그의 말에 카일이 혀를 쑥 내밀며 밉살스럽게 말했다.

"얌마, 말은 그렇게 하지만 사실 조금 서운한 거 아니냐? 이제 대놓고 손잡고 다니질 못하니까 말이야."

"아, 아니다!"

"아니면 아니지 말은 왜 더듬냐?"

―제가 좀 서운할 거 같아요. 벨드와 대화할 때 즐거웠거든요. 하지만 글로 쓰는 것보다 심언이 더 편하긴 하니 앞으로도 잘 부탁해요.

그녀의 글을 읽던 벨드가 고개를 끄덕였다.

"으, 웅. 그러지, 뭐."

카일이 뭐가 불만인지 혼자 툴툴거리고 있자 크리스가 분위기를 전환했다.

"자, 이제 마나 코어 시험은 끝났어! 다음 프로젝트에 돌입해야지?"

벨드가 되물었다.

"다음 프로젝트?"

"웅. 바로 가즈아머의 형태를 변형시킬 거야."

"가즈아머의 형태를?"

"오픈된 마법진 중에 쉐이프 일루전(Shape Illusion) 마법진이 있어. 게하드의 룬아머에도 안착된 마법진인데, 착시를 통해 외형을 일시적으로 바꾸는 마법진이지. 가즈아머에 새겨 넣으면 원하는 기성 룬아머로 보일 거야."

"아! 그러면 다른 사람 앞에서도 가즈아머를 소환할 수 있겠구나?"

"응. 하지만 전성 마법진과는 달라서 하룻밤 만에 완성되기는 힘들거든. 이자벨이 며칠 고생해 줘야 할 거야."

이자벨이 고개를 끄덕이며 필기했다.

―네, 열심히 할게요."

벨드가 볼을 긁적이며 물었다.

"그런데 가즈아머는 상처가 나면 저절로 아무는데 마법진을 어떻게 안착시키지? 마법진을 안착시키더라도 금세 지워지는 게 아닌가?"

다들 벨드의 물음에 대한 답을 알 수 없었기에 서로의 얼굴만 바라보고 있다.

'흥! 주신께서 내리신 이 고귀한 몸에 흠집 따위를 낼 수는 없다. 내가 왜 본모습을 숨겨야 하지?'

엘락이 콧방귀를 뀌며 나서자 벨드가 외쳤다.

"역시 엘락 녀석이 자신의 몸에 상처 내기 싫다고 하는데. 그럼 엘락 네 의지대로 가즈아머를 회복시키지 않을 수도 있

다는 거냐?'

'가즈아머는 내 몸이나 같지. 당연히 내 의지대로 회복시키지 않을 수 있다. 하지만 내가 왜 그래야 하지? 고작 인간들의 사정일 뿐인데…….'

"그러지 말고 좀 도와주면 안 되냐? 서로 좋은 게 좋다고."

'뭘 예쁜 짓을 했다고 도와준단 말이냐?'

"이놈의 고집은! 어떻게 하지? 엘락 녀석, 완고하네."

벨드가 난처해하고 있을 때 이자벨이 다가왔다.

그리곤 가즈아머의 인에 손을 올린 그녀가 심언을 전했다.

'엘락님, 저를 봐서라도 허락해 주시면 안 될까요? 만약 엘락님께서 허락하시지 않으면 저는 마도석을 구할 수 없어요. 2년 후면 다시 소리를 듣지 못하게 된답니다. 네, 엘락님?'

이자벨의 눈가에 촉촉하게 눈물이 고이는 듯하다. 그녀를 바라보고 있는 벨드 역시 가슴 한곳이 아려오는 느낌을 받을 정도이다. 그러자 엘락의 대답이 놀랍다.

'끄응! 아, 알았다. 이자벨이 그렇게 말한다면야……. 하지만 딱 1년이다. 그 이후에는 마법진을 지워 버리겠다.'

"네, 알겠어요. 그것만이라도 감사해요."

그들의 대화를 듣지 못하는 친구들을 향해 벨드가 엄지손가락을 치켜 올렸다.

"이자벨이 부탁하니까 무슨 일인지 엘락이 허락하는데?"

이자벨이 안심한 듯 가즈아머의 인에서 손을 떼었다. 벨드가 물었다.

"너 정말 이자벨을 좋아하는구나?"

'홍! 원래 신들은 미인들을 좋아한다. 신의 분노를 잠재우기 위해 처녀를 재물로 바친다는 이야기도 들어본 적 없냐?'

"엥? 너 정말 처녀를 재물로 바치는 일 따위를 좋아하는 거야?"

'오해하지 마라. 인간들이 멋대로 상상해서 저지르는 일이니까. 처녀를 재물로 바쳐봐야 신계로 오는 것이 아니라 명계(冥界)로 가는데 우리가 좋을 일이 뭐가 있겠냐? 그냥 신들은 아름다운 처녀를 보는 것만으로도 만족해하는 거다. 더구나 슬퍼하는 모습은 정말 봐줄 수가 없지.'

"참, 신이라는 존재도 이상하군."

'넌 신을 우습게보다가는 언젠가 천벌을 받게 될 거다.'

"신을 우습게보는 게 아니라 네가 너무 친근한 거다. 그러니까 투덜거리지 말라고. 우정의 표현이니까."

'비, 빌어먹을 우정은!'

"위대하신 신께서 말하는 모양새 하고는. 그러니 내가 존중하려야 할 수가 없는 거다. 이제 조용히 잠이나 자라고."

엘락은 삐친 듯 잠잠해졌다. 크리스와 카일은 가즈아머에 안착시킬 마법진 설계를 시작했고, 이자벨은 청동 날개 길드의 방을 하나 배정 받아 휴식을 취하였다. 또 하나의 밤이 그렇게 깊어갔다.

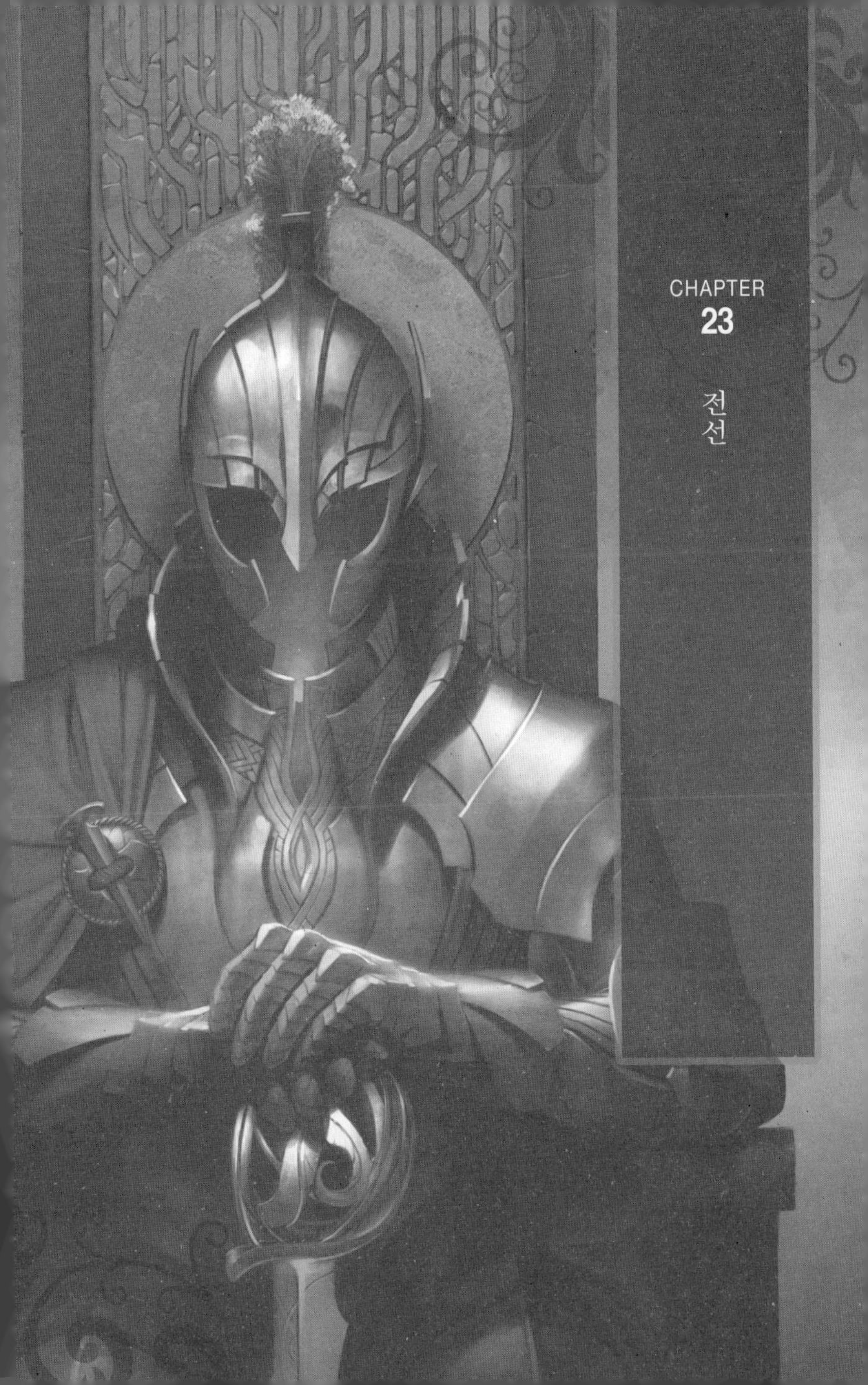

CHAPTER 23

전선

Master of Fragments

헥터의 집무실.

창밖의 어두운 밤거리를 내다보던 헥터가 하얀 담배 연기를 내뿜고 있다.

"이제 오는가?"

휘잉!

바람이 부는가 싶더니 게하드가 창문을 통해 집무실로 들어섰다. 그는 먼지를 잔뜩 뒤집어쓴 모습이었는데, 룬아머를 해제하며 진회색의 전투복을 털어냈다.

"이런, 집무실에서 먼지를 털어 죄송합니다."

"아닐세. 모양새를 보아하니 좀 고생을 한 모양이군."

"뭐, 여러 가지 일이 있었습니다. 중요한 사실도 알아냈고요."

깊은 상처가 나 있는 헥터의 눈이 씰룩이며 크게 떠졌다.

"중요한 사실?"

입에 물고 있던 파이프를 뗀 헥터가 게하드의 얼굴을 직시했다.

"길드장님께서 생각하신 대로 현자의 탑의 행보에 구린 구석이 있습니다."

"어떤 것인가?"

게하드가 고개를 끄덕였다.

"지난 몇 개월간 수십 명의 마법사들이 각 제후국으로 이동한 사실이 밝혀졌습니다. 현자의 탑을 좀처럼 벗어나지 않는 마법사들인 만큼 이상하게 여겨집니다. 또 단순한 여행 목적으로 보기에는 그 이동 규모가 상당한 데다가 지금까지 귀환하지 않은 것으로 알려졌습니다."

"그렇단 말이지. 그들의 최종 목적지는 확인할 수 없었나?"

"현자의 탑 소속 마법사 몇 명을 조사해 봤지만 철저하게 점조직으로 움직인 듯합니다. 각자 자신이 맡은 이외의 일에 대해서는 전혀 모르더군요."

"일단 현자의 탑이 뭔가를 획책하고 있음이 틀림없군. 흐음, 또 다른 것은?"

"현자의 탑을 실질적으로 움직이는 네 명의 마스터가 모두 현자의 탑을 비우고 있습니다. 그들의 뒤를 쫓는 것이 이번 일의 배후를 캐는 데 가장 빠른 길이지 않나 싶습니다."

"마스터들이라……."

"그리고 스네이드가 실종된 것에 대한 반응은 전혀 없습니다. 아직 현자의 탑에서도 인지를 못하고 있는 중인 듯합니다. 스네이드를 어떻게든 이용할 수 있을 것 같은데……."

게하드가 생각에 잠기려 할 때 헥터가 낮은 목소리로 말했다.

"스네이드는 죽었네."

"네? 갑자기 죽다니 무슨 말씀이십니까?"

"펠러가 식사를 넣어주려고 갔다가 발견했네. 스스로 압박을 못 이기고 죽은 듯하네. 그만큼 큰 비밀을 가지고 있다는 뜻이겠지. 점점 미궁 속으로 빠져드는구먼."

"그렇군요."

"일단 알겠네. 자네는 뭔가 잡힐 때까지 현자의 탑에 대한 감시를 계속해 주게."

"예, 길드장님."

"수고했으니 들어가 쉬게."

"그럼 이만……."

게하드는 가볍게 목례를 하며 헥터의 방을 빠져나왔다. 점차 많은 정보를 얻기 시작했지만, 헥터의 답답함은 가실 줄을 몰랐다.

"황제 폐하와 레기어스, 현자의 탑, 둔켈. 정말 혼돈 그 자체야. 오래 살아서 손해 보는 기분이로군."

쓸쓸하게 혼잣말을 한 헥터는 자신의 자리에 앉아 술병을 열었다. 유독 술친구가 생각나는 밤이었다.

*   *   *

봄이 되자 눈이 녹아내리고 검고 비옥한 대지가 모습을 드러냈다.

푸릇한 싹이 머리를 내밀고 바람에는 조금씩 따스함이 깃들고 있다.

들판에 앉아 평원을 내다보던 슈반스는 턱을 매만졌다. 수염이 자라 까슬까슬함이 손끝에 전해진다.

"벌써 페르민에 온 지 두 달이나 지난 건가? 이제 곧 봄이로군."

푸르륵!

뒤에서는 지그프리트가 누런 들풀과 새싹을 뜯고 있다. 전에 비해 조금은 여윈 듯한 지그프리트의 모습에 그간의 고난이 엿보인다.

잠시 상념에 잠겨 있던 슈반스가 말문을 열었다.

"무슨 일이지, 애슐리? 나는 아직 휴식 시간으로 알고 있는데……."

지푸라기 밟는 소리가 나더니 진남색 계열의 전투복을 입은 애슐리가 다가왔다.

"뭐 하고 있는 거야? 대 슈반스께서 향수병에라도 걸리셨나? 병영(兵營)에서 멀리 떨어져 있으면 유사시에 대비할 수가 없잖아?"

"후훗, 향수병이라……. 그럴지도."

슈반스의 옆에 털썩 주저앉은 애슐리가 물었다.

"왜? 집에 두고 온 아름다운 부인 생각 때문에 그래?"

"흐음, 아니라고 말할 수는 없겠군. 그것도 그렇고, 조금 찜찜한 부분이 많아서 말이야."

"어떤?"

"북부 장벽을 지키고 있는 파수꾼들이 둔켈들의 움직임을 전혀 포착하지 못했어. 그런데 제국 전역에서 수백 마리의 둔켈이 나타났다는 말이지. 놈들은 어디서 나타난 거지? 북부 장벽에서 땅이라도 파고 온 것인가?"

"으음, 확실히 이상한 일이긴 해."

"분명 뭔가 심상치 않은 일이 배경에 깔려 있다는 생각을 멈출 수가 없단 말이지. 그래서 말인데……."

"응?"

"앞으로 둔켈의 행방을 직접 찾아 나설 생각이야. 녀석들의 본거지가 어디인지, 어떠한 경로로 나타나는지를 알아내야만 이 지루한 전투를 끝낼 수 있다는 생각이야."

"흐음, 드페인 장군이 허락할까? 녀석은 너무나 안전제일주의의 성격이란 말이지. 작전 제안을 하더라도 방어전만 고집할 위인이야."

"전장에서는 유도리가 필요한 법이지. 고리타분하고 윗선의 명령만 들었다간 아무것도 안 된다고. 이럴 때마다 헥터 길드장님이 생각나는군. 드페인 장군과는 전혀 다른 지휘력이랄까. 흐음, 게하드가 있었다면 큰 도움이 되었을 텐데……."

"원래 똥도 약에 쓰려면 없는 법이잖아. 그래서 단독으로 수행하겠다는 거야?"

"후훗! 단독이라니? 나와 함께 해줄 지그프리트가 있다고."

히이잉!

풀을 뜯던 지그프리트가 그의 말을 알아듣기라도 한 듯 가벼운 울음을 터뜨렸다.

잠시 말을 멈춘 슈반스가 들판을 내다보며 기분을 전환했다.

"그보다 수리 맡긴 파츠는 도착했나?"

"응, 크리스와 페이튼 씨가 깨끗하게 손질했더군. 크리스 그 녀석, 힘내라는 쪽지까지 보내고, 제법 귀여워."

애슐리를 바라본 슈반스가 물었다.

"벨드에 대한 소식은?"

"뭐, 특별히 없어. 잘 지낸다는 이야기만……."

"훗! 그렇군. 오히려 별 소식이 없는 게 좋은 일일 수도."

그들이 대화를 나누고 있을 때, 가젤의 걸걸한 목소리가 들려왔다.

"누님! 슈반스! 순찰 나갈 시간이유!"

그렇지 않아도 룬아머를 험하게 다루는 가젤이었기에 두어 달의 야전 생활을 겪은 그의 룬아머는 엉망으로 보였다.

슈반스와 애슐리 역시 몸을 일으키며 룬아머를 소환했다.

"으차! 그럼 움직여 볼까?"

"그래도 오늘은 낮 순찰이라 편할 것 같네. 붉은 렌스 녀석들은 발로인 순찰이 다겠지?"

"흐음, 억울하면 노력해서 황실 제1 룬아머 길드 자리를 되찾아야지. 투덜거리지 말라고."

"알아!"

삐죽 대답한 애슐리가 앞장서며 슈반스를 앞서 걸어나갔다.

*   *   *

따각, 따각, 따각

세 마리의 말이 머리를 나란히 하고 걷고 있다.

페르민 제후국의 수도인 그랍츠 주변으로 군대가 진을 치고 있고, 그 외곽으로 임시 방책을 둘러 방어 중이다.

사실 둔켈에게는 어떠한 장애도 되지 않음을 모두 알고 있었다.

두 개의 망루를 살피며 주변을 둘러보던 애슐리의 입가로 하얀 입김이 흘렀다.

봄이라고는 하지만 산악에 가까운 그랍츠의 공기는 아직 차가웠다.

"오늘은 조용히 넘어가려나?"

망루를 올려다보며 감시병들의 움직임을 살피던 가젤이 말했다.

"그럴 리가 있수? 이 녀석들, 누가 보내기라도 하듯 하루에

꼬박꼬박 세네 마리씩은 나타나니 말이우. 그것도 저녁에 한 번, 낮에 한 번."

그의 이야기를 들어보던 슈반스가 혼잣말로 중얼거렸다.

"역시 아무리 생각해도 이상해."

경계의 끝에서 말머리를 돌리려고 할 때 어디선가 호각 소리가 길게 들려왔다.

삐이이익!

병사들의 막사가 소란스러워졌다.

"북동쪽 15도, 둔켈 네 마리 출현! 거리 약 800멜리! 에어리어 그린!"

슈반스와 가젤, 애슐리의 고개가 북동쪽으로 향했다. 슈반스가 지그프리트의 고삐를 잡아당겼다.

"에어리어 그린, 우리 쪽 구역이군!"

애슐리가 혀를 찼다.

"쳇! 하필이면 2분대와 3분대는 놔두고 우리 쪽으로 오는 거지?"

"둔켈과 싸우지 못해 안달하던 애슐리의 입에서 나온 말이라곤 믿기지 않는군."

"이제 지긋지긋하니까. 어서 집으로 돌아가 뜨끈한 물에 몸을 담그고 싶은 생각뿐이라고."

"후훗! 이런 곳에서 애슐리의 여성성을 발견하리라고

는……. 어서 서두르자고, 2분대에게 백업을 요청해."

슈반스의 말을 들은 가젤이 전성 마법진을 통해 2분대를 호출했고, 서둘러 둔켈과 조우하기 위해 박차를 가했다.

혹시라도 둔켈이 병영으로 뛰어든다면 인명 피해가 커질 수 있기 때문이다.

듬성듬성 위치한 작은 숲을 순식간에 지나쳤다.

그리고 평지에 들어서며 안력을 돋운 슈반스는 빠른 속도로 다가오는 둔켈들을 확인할 수 있었다.

"가젤! 왼쪽 놈의 길을 막아!"

"분부대로 합죠!"

가젤은 거대한 몸을 띄우며 말에서 내렸다.

쿠웅!

땅에 깊은 발자국을 남기며 착지한 그는 두 손을 펼쳐 바닥에 대었다.

오른쪽 견갑에 안착된 대지 속성의 방어 마법진을 발동시켰다.

"어스 스퀘어(Earth Square)!"

가젤의 앞으로 땅이 기복을 일으켰다.

웅장한 소리를 내며 좌측으로 달려오는 둔켈을 둘러싸며 사면으로 두꺼운 방벽이 솟아올랐다.

구구구궁!

그것을 발견한 둔켈이 반사적으로 뛰어넘기 위해 땅을 박차고 도약했다.

하지만 대지의 방벽은 둔켈의 도약력으로도 넘지 못할 높이까지 솟아올랐다.

둔켈은 달려오던 속도를 이기지 못하고 방벽에 부딪치며 그 속에 갇혀 버렸다.

"크아앙!"

덕분이 한 마리의 움직임을 지연시키자 자연스럽게 각자의 상대가 정해졌다.

지그프리트의 엉덩이를 때리며 전장에서 내보낸 슈반스가 정중앙에 내려섰다.

허리춤에서 창을 빼어 든 그가 마도력을 흘려 넣자 날카로운 금속음을 내며 양날창으로 변하였다.

"다행히도 세 마리 다 클레이급이로군. 그래도 다들 조심해! 그리고 방벽에 갇혀 있는 녀석은 절대로 죽이지 마!"

투구에서 애슐리의 대답이 돌아왔다.

"슈반스야말로 방심하지 말라고."

"후훗! 걱정 고맙군."

창을 좌우로 돌리며 손목의 근육을 이완시킨 슈반스가 자신을 향해 달려오는 둔켈을 매섭게 노려봤다.

둔켈의 붉은 눈동자가 슈반스에게 모아졌다.

긴 손톱 날을 세운 놈이 검은 진액을 흘리며 빠른 속도로 달려왔다.

"크앙!"

입을 쩍 벌리며 날카로운 이빨을 드러낸 둔켈이 양손을 번갈아가며 날카로운 손톱을 휘둘렀다.

슈욱! 슈욱!

보통 사람의 눈으로는 따라가기 힘든 속도였지만, 슈반스는 창을 아래위로 돌려가며 여유롭게 둔켈의 공격을 막아냈다.

카앙! 카앙!

몇 번의 공방 만에 둔켈의 움직임에서 허점을 발견한 슈반스는 어깨로 둔켈의 가슴을 강하게 밀어냈다.

퍼억!

힘이 넘치던 둔켈이 뒤로 두어 걸음 물러나며 헛숨을 내뱉었다.

"커엉!"

어느새 둔켈의 바로 앞까지 달려든 슈반스는 창에 마도력을 흘려 넣었다. 창날 주변으로 은은한 빛이 서리더니 금속이 떨리는 소리가 흘러나왔다.

샤르르릉!

슈반스의 움직임이 자연스럽게 이어졌다. 창을 아래에서

위로 정확하게 들어 올렸고, 그와 같은 속도로 위에서 아래로 그어 내렸다.

아주 단순한 동작이었지만 둔켈이 움찔거리지도 못할 만큼 빠른 속도였다.

불필요함이 모두 절제된 환상적인 움직임. 슈반스는 더 이상 볼 것도 없다는 듯 몸을 돌렸다.

스륵!

둔켈의 몸은 깨끗하게 세로로 잘려 세 조각이 되었고, 고약한 냄새를 풍기며 허공에 흩어졌다.

슈반스의 시야에 가젤과 애슐리가 잡혔다. 그들 역시 거의 비슷한 속도로 클레이급의 둔켈을 쓰러뜨리고 있었다.

"가젤! 방벽을 풀게! 녀석은 내가 맡을 테니 끼어들지 않아도 돼!"

애슐리의 투덜거리는 목소리가 전해졌다.

"뭐야? 저 한 마리까지 처리하겠다는 거야? 이제 와서 욕심을 부리다니."

"후훗! 네가 지긋지긋하다고 해서 내가 기꺼이 불편을 덜어주려고 하는 것이지. 그러니 보고만 있어. 자, 가젤!"

가젤이 마법진으로 흘려 넣던 마도력을 차단하자 둔켈을 둘러싸고 있던 방벽이 허물어졌다.

땅을 박찬 슈반스가 창을 거두어들이며 허리에 찼다.

"크아아아앙!"

주변을 두리번거리며 요란한 울음을 터뜨리는 둔켈. 놈이 의식하기도 전에 접근한 슈반스가 복부에 주먹을 꽂아넣었다.

퍼억!

둔켈의 피부에 흐르던 진액이 슈반스의 룬아머에 튀었다. 둔켈의 허리가 크게 앞으로 꺾이자 슈반스의 팔꿈치가 둔켈의 등을 내리찍었다.

"크엉!"

울부짖음과 함께 둔켈의 무릎이 꺾였다. 연격을 성공시킨 슈반스가 돌연 한 걸음 물러났다.

"후훗! 일어서라, 더러운 족속아!"

둔켈이 몸을 떨며 그 자리에서 힘겹게 일어나려 했다.

그 모습을 본 슈반스가 다시 도약하며 발로 둔켈의 가슴을 차올렸고, 그 힘을 이기지 못한 둔켈이 허공에 포물선을 그리며 날려갔다.

퍼억!

질척한 땅에 깊은 자국을 내며 날려간 둔켈이 움찔거리며 일어나려고 했다.

통증을 느끼지 못하는 둔켈임에도 충격이 대단했는지 제대로 몸을 가누지 못하고 있다.

그 모습을 보던 가젤이 말했다.

"허! 저 모습만 놓고 봐서는 슈반스가 악역 같군. 그냥 죽이는 게 더 나은 거 같은데……."

"그렇기는 하네. 그래도 조용히 보고 있어, 가젤."

"네, 누님."

슈반스가 팔짱을 끼고 여유롭게 둔켈을 내려다보았다.

그제야 조금 힘을 회복한 둔켈이 땅을 박차고 뛰어들어 손톱을 휘둘렀다.

"카아아아앙!"

"시끄럽다. 소리 좀 그만 지를 수 없겠냐? 소리 지르다가 힘만 빠진다고."

그렇게 말한 슈반스가 강화 마법진을 발동시키며 팔로 둔켈의 손톱을 가볍게 막아내었다.

둔켈은 슈반스를 찢어발기려는 듯 손톱을 휘둘렀지만 모든 면에서 슈반스의 움직임이 월등했다.

호흡이 거칠어져 가슴 부위가 눈에 띄게 움직였다.

끈적끈적한 침을 흘리던 둔켈이 눈동자를 이리저리 움직이더니 북동쪽을 향하여 달리기 시작했다.

파앗!

둔켈은 자신의 힘을 뛰어넘는 월등한 존재에게 대항할 능력이 없음을 깨닫고 본능적으로 도망치기 시작한 것이다. 그것을 본 슈반스가 쾌재를 불렀다.

"좋아, 생각대로 되었군. 나는 저 녀석을 뒤쫓겠다. 애슐리와 가젤은 놈들을 모두 해치웠다고 보고해 줘."

가젤이 걱정스러운 목소리로 말했다.

"아무리 클레이급이라지만 혼자 괜찮겠어? 혹시 지난번처럼 엑스터급의 둔켈이라도 나타나면?"

"후훗! 제아무리 엑스터급이라도 내 한 몸 빼내는 데는 문제없어. 그러니 너무 걱정하지 말라고."

"흐음, 슈반스의 능력을 생각하면 틀린 말은 아니지만······."

"그럼 놈을 놓치기 전에 뒤쫓겠어. 나중에 보자고!"

"조심해, 슈반스!"

손을 휙 들어 가젤의 걱정을 진정시킨 그는 휘파람을 불어 지그프리트를 불렀다. 바람처럼 달려온 지그프리트가 슈반스를 가볍게 태우고는 둔켈이 사라진 곳을 향해 달려나가기 시작했다.

주변의 경관이 빠른 속도로 지나친다. 둔켈의 움직임도 빨랐지만 지그프리트 역시 그에 뒤지지 않았다.

작은 나무 군집을 몇 개 지나자 거대한 숲과 마주쳤다. '페르민의 검은 눈'이라 불리는 '할로우 숲'이다.

워낙 넓은데다가 오래된 숲으로 높은 수령의 나무들이 많아 개간조차 쉽지 않았기에 인간의 손이 닿지 않았다.

그 덕에 원시의 환경이 그대로 보존되어 있었다.

타가닥! 타가닥!

둔켈이 할로우 숲속으로 뛰어드는 모습을 본 슈반스가 지그프리트에서 뛰어내렸다.

땅을 헤치고 올라온 두꺼운 뿌리로 인해 말이 달리기 어려운 환경이라는 것을 잘 알기 때문이다.

"네가 달리기에 힘든 것 같구나. 여기서 기다리고 있어, 지그프리트."

그렇게 말한 슈반스는 마도력을 끌어올리며 그리브 (Greeve:정강이 받이)에 안착된 민첩성 강화 마법진을 발동시켰다.

마도력의 소비는 심했지만 나무가 얽히고설킨 숲에서 지그프리트만큼이나 빠른 속도로 달릴 수 있었다.

"흐음, 멀리 가지 않았어야 할 텐데……."

조금 달리자 바닥의 흔적을 찾을 수 있었다.

"오래된 숲이라 땅이 무르군. 녀석의 발자국이 선명하게 찍혀 있어. 그리고 체액도 여기저기 묻어 있으니 뒤쫓기는 어렵지 않을 것 같군."

추적의 흔적을 발견하자 슈반스의 움직임은 거리낌이 없었다.

발자국이 사라지자 녀석의 체액이 묻은 나무 위로 뛰어올랐다.

중갑 룬아머를 걸친 채 얇은 나뭇가지를 밟고 달리는 모습이 신기해 보인다.

촤라락!

우거진 나뭇가지를 헤치며 달리던 슈반스가 문득 움직임을 멈추었다.

"응? 무슨 빛이지?"

키 높은 나무들로 인해 햇살조차 닿지 않는 깊은 숲 속에 파란 빛이 새어 나오는 것을 발견했다.

룬아머의 금속음을 없애기 위해 룬아머를 해제한 슈반스가 가볍게 나뭇가지 사이로 뛰어올랐다.

착!

높은 나뭇가지에 올라선 슈반스가 나무 기둥에 몸을 숨기며 아래를 내려다보았다.

뿜어지던 파란 빛은 사라지고 없었다.

그곳에는 소란이 벌어지고 있었는데, 진갈색의 로브를 걸치고 있는 다섯 명의 인물이 갑작스럽게 나타난 둔켈로 인해 혼란에 빠져 있다.

"끄아아악!"

그중 한 명이 의미 없이 휘두른 둔켈의 손톱에 상하체가 두

동강으로 갈라졌다.

창자가 갈라져 나오며 역겨운 냄새가 무겁게 깔린 숲의 공기 중으로 퍼졌다.

주변으로 흩어진 로브의 인물 중 한 명이 손으로 수인을 맺으며 중얼거렸다.

"Grund de Spekt geht!"

하얀 빛을 뿜던 그의 두 손에서 한 줄기의 냉기가 쏟아져 나가며 미친 듯 날뛰던 둔켈을 얼려 버렸다.

으드드득!

그 자리에 얼어붙은 둔켈의 손톱이 또 다른 로브의 인물 어깨를 반이나 자르며 들어가 있다.

"끄으으윽! 사, 살려줘!"

둔켈이 얼어붙으며 상처까지 얼어 출혈을 멈출 수는 있었지만 목숨을 구하기는 어려워 보였다.

로브에 금장 브로치를 꽂은 인물이 품에서 단도를 꺼내어 둔켈에게 어깨가 쪼개진 동료의 목을 그었다.

"미안하군. 자네의 고통을 줄여주는 것이 내가 해줄 수 있는 유일한 일이네."

무감정한 목소리. 갈라진 목에서 피가 튀며 갈색의 로브에 스며들었다.

그가 서쪽 방향을 바라보며 심각한 목소리로 말했다.

"이놈이 대체 어떻게 돌아온 것이지? 방금 페르민으로 보낸 녀석인데……."

나무 위에서 몸을 숨기고 있던 슈반스는 그의 독백을 똑똑히 들을 수 있었다.

'페르민으로 둔켈을 보낸 것이라고? 저자들은 차림새로 보아 분명 현자의 탑 마법사들인데… 대체 무슨 일이 벌어지고 있는 것이지?'

정신적인 충격을 받았지만 슈반스는 침착함을 유지하며 그들의 행동을 지켜보았다.

팔짱을 끼며 혼잣말을 중얼거리던 인물이 두 조각난 동료의 시신을 보며 신경질적으로 말했다.

"멍청하게 두 명이나 당해 버리다니. 이래선 소환 결계를 유지할 수가 없겠군. 윌러드!"

"예, 치프(Chief) 게오르그!"

윌러드라 불린 마법사가 다가오자 조용히 일을 지시했다.

"죽은 녀석들의 시신을 깨끗하게 처리해라. 그리고 동부 캠프에 이 사실을 알리고 두 명의 마법사 파견을 요청하도록. 소환 결계를 빨리 작동시키지 못하면 탑에서 처분이 내려질 것이다. 긴장하도록."

"예, 알겠습니다."

월러드가 남은 마법사들에게 지시를 하달했고, 서둘러 동부 캠프를 향해 움직이기 시작했다. 슈반스 역시 음모의 냄새를 맡으며 그 뒤를 쫓았다.

CHAPTER
24

실
종

Master of Fragments

월러드의 움직임은 빠르지 않았다.

말을 이용할 수도 없었고 연구에만 몰두하는 마법사들의 체력에는 엄연히 한계가 있었다.

몇 백 년 전 룬아머가 개발되기 이전의 시대에 마법사가 대 둔켈 전투를 맡은 때가 있었다.

그들의 공격력은 뛰어났으나 둔켈의 움직임을 따라갈 수 없었고, 마법진 시동에 많은 시간이 걸리는 이유로 전선에서 물러나야만 했다.

한동안 그렇게 걷다 달리다 반복하던 월러드가 주변을 둘러보았다.

"헉헉! 치프도 너무하시지. 왜 매번 캠프로 전언을 보낼 때마다 나를 보내는 거지? 힘들어 죽겠군. 정말 멀어."

숨을 가다듬은 윌러드가 나무 중 하나에 다가가 손을 대었다. 그러자 나무껍질 위로 복잡한 도형과 룬 언어가 떠올랐다.

지잉!

숲의 일렁이기 시작하더니 낯선 풍경이 펼쳐졌다. 숲의 나무 사이로 십여 채의 막사가 설치되어 있고 몇몇 마법사들이 불을 쬐며 대화를 나누고 있다.

윌러드가 돌아온 것을 발견한 마법사 중 한 명이 그를 알아보고 손을 들어 보였다.

"윌러드로군. 벌써 교대 시간인가?"

"하아, 하아, 제2 소환 결계에 문제가 생겨서 말이야. 그보다 마스터 카르케스는 어디 계신가?"

"아마도 집무실에 계실 걸세."

"흠, 그렇군. 자세한 이야기는 나중에 하지."

윌러드는 동료들을 지나쳐 중앙의 막사로 향하였다.

"마스터 카르케스, 제2 소환 결계의 윌러드입니다."

"들어오게."

막사의 천을 치우고 들어서자 얼굴에 검버섯이 핀 늙은 마법사가 탁자에 앉아 있다.

그는 자신의 앞에 놓인 종이를 한 장씩 읽어 내려가는 데 열중하고 있었다.

"무슨 일인가? 처리해야 할 일이 많으니 용건만 간단히 말하게."

"저, 마스터 카르케스, 제2 소환 결계에서 두 명의 마법사가 둔켈에게 죽임을 당했습니다. 증원을 요청하기 위해 치프 게오르그가 저를 보냈습니다."

그제야 카르케스의 시선이 윌러드를 향해 움직였다.

"둔켈에게? 어째서 그런 일이 발생한 겐가?"

그의 전신에서 예리한 살기가 흘러나오기 시작하자 윌러드가 말을 더듬었다.

"그, 그것이 저희도 확실히 알 수가 없습니다. 계획대로 클레이급 둔켈 네 마리를 그람츠로 보냈는데 그중 한 마리가 갑작스럽게 제2 소환 결계로 돌아와 난동을 부렸습니다. 다행스럽게 치프 게오르그가 둔켈을 처리했지만, 워낙 불식간이라 마법사 두 명이 죽었습니다."

"바보 같은! 감시자를 붙이지 않았던 건가!"

"죄, 죄송합니다. 소환 결계를 유지할 마도력이 부족하여 마법사 한 명이 아쉬운 상황이라……."

카르케스의 주먹이 탁자를 내려쳤다.

콰앙!

"이런 멍청한 놈들! 규칙을 심심해서 만든 것인 줄 아나! 특수 상황이 아니었다면 치프 게오르그와 네놈은 근무 태만으로 죽은 목숨이다!"

"요, 용서하십시오, 마스터 카르케스!"

윌러드가 어쩔 줄을 몰라 하며 몸을 떨었다.

"잠깐, 그보다 둔켈이 다시 돌아온 이유에 대해 생각은 해 보았나?"

"미처 거기까지는……."

"그람츠로 보낸 둔켈이 클레이급이 아니었나?"

"네, 맞습니다."

"룬아머러들의 긴장감을 조성하기 위해 고작 클레이급 네 마리를 보냈는데, 그중 한 마리를 살려서 돌려보냈다고? 이게 자연스럽다고 생각하는 건가?"

"그, 그건… 부, 부자연스럽습니다."

"치프 게오르그도 아직 멀었군."

잠시 턱을 괴고 생각하던 카르케스가 뭔가 떠오른 듯 손으로 허공에 소형 결계를 그렸다.

그리고 수인(手印)을 만들며 눈을 감고 중얼거렸다.

"Gerak de skane du."

그의 몸 주변으로 보이지 않는 아지랑이가 피어오르는 듯했다.

감고 있던 눈을 번쩍 뜬 카르케스가 팔을 덮고 있던 로브를 양쪽으로 걷어 올렸다.

양팔에 복잡한 마법진이 문신으로 새겨져 있다.

마도력을 끌어올리자 마법진이 초록의 빛을 발산하기 시작했다.

"Want gu Derit de Karmand!"

시동어를 외치며 오른팔을 휘두르자 날카로운 바람이 펼쳐지며 날아갔다.

그들을 덮고 있던 막사의 천이 잘리며 나풀거렸고, 저 높은 곳의 나뭇가지들이 순식간에 잘려나가며 땅으로 떨어졌다.

후두두둑!

두꺼운 가지와 나뭇잎이 쏟아져 내려오는 가운데 하얗고 빛나는 무엇인가가 섞여 있다.

카르케스의 공격을 피한 슈반스였는데, 그사이 룬아머를 소환한 상태였다.

"흐음, 나의 존재를 알아내다니 대단하군. 역시 이곳에 현자의 탑 마스터급 마법사가 있었던 건가?"

슈반스는 자연스럽게 창을 뽑으며 마도력을 흘려 넣었다.

채엥!

길어지는 양날창과 룬아머, 그리고 가슴의 푸른 날개 문양을 본 카르케스가 실소를 흘렸다.

"크흐! 과연 그 유명한 청동 날개 길드의 슈반스로군. 둔켈을 도망치도록 만들고 그 뒤를 밟았다는 것인가?"

"당신이야말로 대단하군. 돌아온 둔켈을 보고 거기까지 유추해 내다니 말이야. 그런데 당신에게 조금 무례를 범해야 할지도 모르겠군. 지금 내가 보고 있는 것들이 무슨 일인지 직접 설명을 해주어야 할 테니 말이야."

"글쎄, 내 입을 열 만한 능력이 되겠는가?"

그의 주변으로 이십여 명의 마법사들이 모여들었다.

곁눈질로 마법사들의 움직임을 보고 있지만 슈반스의 여유로움을 빼앗을 수 없었다.

"이만한 음모를 꾸미기로 했으니 다들 공격 마법을 캐스팅하고 있겠군. 하지만 그것만으로 룬아머러와 대적할 수 있겠는가? 순순히 항복하는 것이 조금이라도 피해를 줄이는 길이지 않겠나?"

"크큭! 그렇게 생각한다면 스스로 증명해 보이거나."

"결국 어려운 길을 선택하다니……."

자신을 둘러싼 마법사들이 공격 마법을 캐스팅하고 있었지만 슈반스는 별다른 위협을 느끼지 않았다.

그들의 공격력이 대단하긴 하지만 룬아머러의 전투 속도를 따라올 수 없었다.

그리고 공격 횟수 역시 제한적이었기에 결코 룬아머러와 대적할 수 없다는 것이 일반적인 사실이다.

"그럼 내가 너무하다고 생각하지 않길 바라네."

"그대야말로."

여유로운 카르케스의 태도가 마음에 걸렸지만 길게 생각하지 않았다. 슈반스가 마도력을 끌어올리며 룬아머에 안착된 마법진을 활성화시켰다.

제아무리 전력적 우세에 있다고 하더라도 다수와의 전투는 빠른 시간에 마무리하는 것이 중요했기 때문이다.

우웅!

룬아머가 강대한 마도력을 받아들이며 울음소리를 냈다. 창을 쥔 손에 힘을 밀어 넣으며 움직이려고 할 때, 마법사들의 중심에 서 있던 카르케스가 목에 걸고 있던 붉은 펜던트를 꺼내 들었다.

"후훗! 멍청한 룬아머러여!"

그의 태도에 슈반스는 불길한 기분이 엄습했다.

"뭐, 뭐지?"

카르케스가 들고 있는 펜던트에서 붉은 빛이 뿜어져 나왔다.

파앗!

그 빛에 닿자 지금까지 슈반스의 거대한 마도력을 받아들이고 있던 룬아머의 마나 코어가 작동을 멈추었다.

은은한 빛을 내뿜던 마법진은 어두워졌고, 경량화 마법진이 작동을 멈추며 미스릴 합금으로 이루어진 룬아머의 무게가 그대로 전해졌다.

"루, 룬아머가 작동하지 않는다!"

룬아머를 해제하려 했지만 역시 반응하지 않고 있다. 관절의 움직임을 돕는 세부 마법진도차 작동하지 않으니 그야말로 룬아머에 갇힌 모양이 되었다.

제아무리 마도력으로 인간 이상의 능력을 가진 슈반스였지만 룬아머가 짐이 되어버리자 당황할 수밖에 없었다.

"대체 무슨 짓을 한 것이냐!"

"크크큭! 우리 현자의 탑이 네놈들에 대한 대비책도 없이 이런 일을 벌였을 것 같나? 우리를 너무 우습게 봤군."

수많은 생각이 슈반스의 뇌리를 스쳐 지나갔다.

"그런 것인가? 네, 네놈들이 마법진을 설치하면서 룬아머에 장난을……."

"답을 맞히기에는 조금 늦은 것 같군. 크크큭! 잠시 잠들어 있게. 청동 날개의 슈반스라는 소재는 우리에게 큰 도움이 될 것 같구만."

"이, 이놈들……."

슈반스는 자신을 향해 날아오는 하얀 빛을 보고는 정신을 잃고 말았다.

*　　　*　　　*

발로인, 청동 날개 길드 미케닉 작업실. 카일이 자신의 작업 테이블에 앉아 마법진 설계도를 바라보고 있었다.

뭔가에 골몰한 듯 깃펜의 털을 한 가닥씩 잡아 뜯던 그가 결국 참지 못하고 크리스를 불렀다.

"스승님, 아무리 생각해도 이상해!"

전선에서 보내온 룬아머의 마법진을 복구하고 있던 크리스가 확대경을 눈에서 떼며 말했다.

"뭐가 이상하다는 거니? 섹션4도 해독한 거야?"

"응, 방금 해독을 마쳤어. 구동계도 아닌데 왜 이 쓸데없는 게 있는 거지?"

결국 참지 못하고 다가온 크리스가 마법진 설계도를 살펴보았다.

"흐음, 마법진의 흐름을 보니 모든 마도력이 이 마법진을 거친 후 마나 코어로 흘러들어 가게 되어 있네?"

"응. 특별한 기능은 없어. 그냥 강제 마도력 차단을 목적으로 하고 있는데?"

"안전장치인가?

"룬아머러가 모르는 안전장치라고? 게다가 이건 외부에서 차단하게 되어 있단 말이야."

"그럼 룬아머를 착용한 채 마도력이 차단되면 어떻게 되는 거지?"

"그야 꼼짝도 못하지. 초기 룬아머는 그저 공격 마법만 사용할 수 있도록 고안되었는데 시간이 갈수록 룬아머의 움직임을 돕기 위해 모든 관절계까지 마법진이 설치되어 있거든. 그만큼 고장도 많고 말이야."

그들이 골몰하고 있을 때 페이튼이 문을 박차고 들어왔다.

"얘들아! 전선에서 나쁜 소식이 들어왔다!"

고개를 돌린 크리스가 물었다.

"설마 룬아머가 완파되거나 해서 며칠 밤을 새워야 하는 건 아니죠?"

"그, 그런 게 아니야. 슈반스가 실종되었다!"

"에! 슈반스가요? 어디서 어떻게요?"

"그건 나도 잘 몰라. 어서 길드장실로 올라가 보자꾸나."

그들은 자신들이 하던 일을 내려놓고 길드장실로 움직였다.

길드장실에는 이미 올라온 벨드와 헥터, 그리고 게하르드가 심각한 얼굴을 하고 있다.

"길드장님, 슈반스가 실종되다니 무슨 이야기예요?"

크리스의 물음에 헥터가 두 손을 모으며 대답했다.

"전투 중 둔켈의 뒤를 쫓아 나섰던 슈반스가 돌아오지 않았다. 지그프리트만 영내로 귀환했다고 하는구나. 지금 가젤과 애슐리가 슈반스의 행적을 쫓고 있지만 여의치 않은 듯하다."

"왜요? 당연히 슈반스가 실종되었으면 수색대를 파견해야 하는 것 아닌가요?"

"흐음, 명령 위반이다. 페르민 전선의 총사령관인 드페인 장군은 룬아머러의 단독 행동을 용납하지 않았다. 그런 중에 슈반스가 단독으로 움직인 것이지."

"그렇다고 이렇게 손 놓고 있겠다는 건가요?"

크리스의 말에 대답하지 못하고 있던 헥터가 게하드를 바라보았다.

"게하드, 지금 바로 동부전선으로 움직여 줄 수 있겠나?"

"흐음, 제가 맡고 있는 현자의 탑 감시는 어떻게 해야 할까요? 수상쩍은 일이 많습니다만……."

"아직까지는 심증뿐이니 잠시 미루는 수밖에. 슈반스가 큰 위험에 처해 있을 수 있으니까."

"이동은 어떻게 할까요?"

"가젤이 워프게이트를 그람츠의 진영에 설치해 놓았으니 바로 움직일 수 있을 걸세."

"네, 그럼 채비해서 바로 떠나겠습니다."

"부탁하네."

게하드가 출정을 위해 방을 나섰다. 그들의 대화 중에도 깊은 생각에 빠져 있던 벨드가 깊은 한숨을 내쉬었다.

"도무지 이해가 되지 않는군요. 슈반스님의 신변에 무슨 일이 생긴 것일까요? 길드장님께서는 누구보다 슈반스님의 실력을 잘 아시지 않나요? 그 어떤 둔켈을 만나더라도 퇴각조차 못했을 리는 없어요."

방 안의 모든 사람이 벨드의 생각에 동의했다. 그러던 중 헥터가 의미심장한 한마디를 던졌다.

"상대가 둔켈이라면 그랬겠지. 하지만 이 전쟁의 배경에는 더 큰 무엇인가가 있는 것 같구나."

"네? 그렇다면 슈반스님이 실종된 것이 둔켈의 짓이 아니라는 말씀이신가요?"

"아직 짐작일 뿐이다. 게하드를 통해 현자의 탑을 감시 중인데 여러 가지 미심쩍은 일들이 일어나고 있단다."

크리스가 나직한 목소리로 말했다.

"현자의 탑 마법사 따위가 룬아머를 어떻게 한다는 것이 말이 되지 않아요. 전투 능력에 엄청난 차이가……."

그렇게 이야기를 이어가던 크리스가 말을 잠시 멈추었다. 그리고 시선을 돌려 카일을 바라보았다.

"카, 카일!"

카일 역시 그녀와 같은 생각을 하고 있는 듯했다.

"세, 섹션4. 마도력 차단 마법진!"

둘을 번갈아 보던 헥터가 물었다.

"무슨 이야기를 하고 있는 것이냐?"

그의 물음에 둘이 발견한 섹션4의 마법진에 대한 이야기를 헥터에게 해주었다.

헥터의 눈가에 나 있는 상처가 씰룩거렸다.

"그 말이 정말이냐?"

"네, 어쩌면 마나 코어를 암호화시킨 이유가 이것을 숨기려 한 것일 수도 있어요."

"흐음, 그것만으로 단정 지을 수는 없겠지만 의심해 볼 만하구나. 무엇보다 현자의 탑이 자신있게 음모를 꾸미는 데 큰이유가 될 수 있겠군. 지금 내용을 문서로 꾸며줄 수 있겠느냐? 황실에 보고해야겠구나."

"네, 최대한 빨리 준비해 드릴게요."

"그리고 필요에 따라 모든 룬아머의 마나 코어를 너와 카일이 재구성한 마나 코어로 교체해야 할 수도 있겠구나."

"으음, 일손이 없어 단시간에는 힘들겠지만 최대한 준비해 볼게요."

"부탁한다."

벨드가 물었다.

"크리스, 가즈아머에 쉐이프 일루전 마법진은 언제 안착이 가능하지?"

"앞으로 이틀 정도만 더 있으면 될 거야. 전성 마법진과는 비교할 수 없을 만큼 복잡하거든."

헥터가 걱정스러운 얼굴로 벨드를 바라보았다.

"쉐이프 일루전 마법진이 안착되더라도 슈반스를 찾으러 갈 생각은 하지 말거라. 게하드에게 맡기는 편이 나을 게다."

"네…… 그보다 셀린느님은 이 사실을 알고 계시나요?"

헥터는 고개를 저었다.

"워낙 약한 아이라 아직은 모르는 것이 나을 것 같구나."

"네, 그러는 것이 좋겠네요."

"또 새로운 소식이 들어온다면 알려주도록 하마. 게하드의 소식을 기다려 보자꾸나."

다들 고개를 끄덕이며 애써 나쁜 생각을 하지 않으려 노력하고 있다.

CHAPTER
25

발로인 침공

Master of Fragments

며칠 후,

해질녘이 되자 등불기지들이 바빠지는 시간이다.

엘런 가를 돌던 신입 등불지기가 음습한 기운을 느끼며 자신의 일을 하고 있다.

"젠장, 전임자가 여기서 실종이 되었다고 하는데 왠지 모르게 기분 나쁜 동네군. 폐건물도 많고 말이야."

장대를 이용해 가로등에 불을 붙이고 도구를 다시 챙겨 다음 가로등으로 이동한다.

"여기도 한때 중심가였는데 이제 노인들만 살고 있는 동네가 되어버렸군. 이제는 왕래하는 사람들보다 가로등이 더 많다니… 세월은 막을 수가 없군."

그리 많은 나이가 아니었지만 세월 탓을 하고 있는 등불지기다.

다시 다음 가로등을 향해 움직이려 할 때, 눈앞의 거대한 폐건물에서 낯선 소리가 흘러나왔다.

"크아아아앙!"

등불지기의 어깨가 눈에 띄게 흔들렸다.

"무, 무슨 소리지? 도시에 늑대라도 들어온 건가?"

유리창마다 검은 장막이 쳐진 기분 나쁜 폐건물을 바라보았다. 본능 때문인지 패부에 소름이 돋아오른다.

"젠장, 이런 곳을 담당하다니, 당장 다른 데로 옮겨달라고 사정해 봐야겠군."

윗사람에게 찔러줄 뇌물이 얼마나 될지 고민하고 있을 때, 굉음이 터져 나왔다.

콰아아아앙!

폐건물의 한쪽 벽면이 폭발하듯 벽돌을 튀며 허물어졌다. 작은 파편에 이마를 맞은 등불지기는 앞이 어질해지는 충격을 받았다.

하지만 통증을 느끼거나 피를 닦아낼 생각도 못했다.

폐건물에서 튀어나온 검은 생명체에 정신을 빼앗겼기 때

문이다.

"두, 둔켈! 둔켈이다!"

이성을 날려 버릴 만큼의 공포를 느낀 등불지기는 손에 힘이 빠지며 도구를 떨어뜨렸다.

털그럭!

그 소리가 둔켈의 의식을 자극했다.

둔켈의 붉은 눈동자들이 등불지기에게 모아졌다.

흉측한 입을 벌리며 타액을 흘린 둔켈이 낮은 울음소리를 냈다.

"크르르륵!"

"다, 다가오지 마! 오지 마!"

손을 휘젓는 등불지기의 저항은 처량하기 그지없었다.

둔켈이 땅을 박차고 뛰어오르더니 순식간에 등불지기의 앞에 내려앉았다.

손톱을 길게 꺼내며 등불지기의 복부에 찔러 넣었다.

서걱!

저항조차 없이 들어간 손톱이 등으로 뚫고 나왔다. 다시 빼내자 붉은 핏물이 흘러나와 바닥에 고이기 시작했다.

"크윽⋯⋯."

등불지기의 생명이 서서히 꺼져갔다. 둔켈은 피의 향기에 도취된 듯 울음을 터뜨렸다.

"크아앙!"

둔켈의 뒤로 이십여 마리의 둔켈이 더 모습을 드러냈다. 클레이급과 더욱 큰 덩치의 마이덴급이 섞여 있다.

그리고 그 뒤로 둥근 형태를 띤 거대한 생명체가 허공에 둥둥 떠서 둔켈들의 뒤를 따라 움직이고 있다.

우웅!

놈들은 발로인 도심의 낯선 광경을 둘러보는가 싶더니 나직한 울음을 터뜨리며 도심으로 흩어졌다.

그리고 저녁의 고요함을 찢는 사람들의 비명 소리가 발로인에 퍼지기 시작했다.

"꺄아아악! 둔켈!"

"크아아악!"

"둔켈이다!"

점차 멀어져 가는 비명 소리를 들으며 건물 위에 서 있는 인물이 있다.

작은 키에 단단한 체구를 가진 마스터 쿨린. 그가 비릿한 웃음을 입가에 걸며 중얼거렸다.

"자, 시작이다. 붉은 랜스 길드 룬아머러들의 실력을 한번 구경해 볼까?"

로브로 몸을 감추자 쿨린의 모습이 그 자리에서 흩어지듯 사라져 버렸다.

　　　　　*　　　　*　　　　*

　막 해가 떨어졌을 때, 발로인 전역에 비상 종소리가 울려
퍼졌다.

　데엥! 데엥!

　지난 백여 년간 울리지 않던 종이 쉴 새 없이 울려 퍼지자
발로인의 시민들 마음은 공포에 얼어붙었다.

　거리에서는 비명 소리가 이어졌고, 처참한 시신들이 차가
운 바닥에 널렸다.

　헥터 역시 청동 날개 길드의 식구들을 소집했다.

　대회장에 모두 모이긴 했지만 길드원이 모두 동부전선으
로 나가 있는 상태였기에 헥터와 벨드, 카일, 크리스, 페이튼
뿐이다.

　헥터가 전투복 차림으로 긴급으로 전해진 편지를 읽어 내
려갔다.

　"으음! 발로인에 이십여 마리의 둔켈이 출현했다. 이십 마
리나 되는 둔켈이 외벽을 넘었다면 이전에 경보가 울렸을 것
이다. 분명 발로인 내부에서 나타난 것이라는 이야기가 되는
데……."

　크리스가 어금니를 깨물며 물었다.

"이번에도 현자의 탑 소행일까요?"

"분명 소환 결계를 이용했을 것이다. 의문인 것은 대체 왜 이런 일들을 벌이냐는 것이지."

잠시 생각에 잠겨 있던 벨드가 입을 열었다.

"발로인에 침입한 둔켈들을 어떻게 하느냐가 우선이겠네요."

"발로인을 맡고 있는 붉은 랜스 길드가 대응하겠지. 하지만 전투가 길어질수록 피해는 기하급수적으로 늘어날 것이다. 나도 준비해서 시가지로 나가려고 한다."

"길드장님께서 직접 말씀이신가요?"

"붉은 랜스 길드원의 수는 고작 30명 남짓. 발로인 전역을 누비고 다니는 둔켈을 그 수로 막기에는 역부족이다. 한 명이라도 많은 룬아머러가 있는 편이 좋겠지."

"으음, 그럼 저도……."

"바보 같은 소리! 너는 아직 잠자코 있거라. 아직 모습을 드러낼 때가 아니다."

"하지만 길드장님께서도 말씀하셨듯이 한 명이라도 많은 편이……."

"나뿐만 아니라 은퇴한 룬아머러들이 발로인 전역에 살고 있다. 황립 룬아머러 아카데미의 교수들이나 크리스의 아버지 같은 사람들이 널렸지. 둔켈이 이렇게 노골적으로 발로인

에 나타난 것이 놀라울 뿐이지 이십여 마리의 둔켈은 그리 대
단한 적이 아니다."

벨드는 수긍할 수밖에 없었다.

"혹시라도 청동 날개 길드에 둔켈이 올 수도 있으니 네게
는 이곳의 방어를 맡기마."

"네, 알겠습니다."

고개를 돌린 헥터가 크리스에게 물었다.

"내 룬아머는 준비가 되었느냐?"

"네, 길드장님. 말씀하신 대로 현자의 탑 마나 코어를 제거
하고 저희가 설계한 마나 코어를 안착시켜 놨어요. 벨드가 시
험해 봤는데 모두 정상 작동하고 있어요."

"수고했다."

"나중에 이자벨을 칭찬해 주세요. 아카데미가 끝나면 늘
길드 미케닉실에 와서 작업을 했거든요."

"후훗, 대단히 근성 있는 아가씨로군. 그럼 다녀올 테니 몸
조심들 하거라."

"네, 조심하세요, 길드장님."

헥터가 몸을 일으키자 다들 일어나 헥터를 배웅했다.

그가 나가자 대회장은 침묵으로 가득 찼다. 아무 말 없는
벨드를 바라보며 카일이 조심스럽게 입을 떼었다.

"벨드, 우리 걱정은 안 해도 된다. 너도 알다시피 길드 건

물의 지하는 엄청 깊고 튼튼하잖아."

"응? 무슨 말이야?"

"솔직히 말해라. 우리가 하루 이틀 본 사이냐? 길드장님을 따라 나가고 싶잖아?"

그의 말이 사실인 듯 벨드는 대답을 하지 못했다.

"어차피 말리더라도 욱하면 뛰쳐나갈 거 아니냐? 여기서 끙끙대지 말고 그냥 속 시원히 나가. 나중에 길드장님께 혼이 난다고 해도 어쩔 수 없지."

"역시 그러는 편이 좋겠다."

"대신 다치지는 마라."

"응. 이해해 줘서 고맙다."

크리스는 헥터의 명령을 어기는 것이 마음에 걸렸지만, 말린다고 해서 말을 들을 그가 아니었기에 어쩔 수 없이 고개를 끄덕였다.

"대신 나가서 지켜만 보고 있으라고, 위급한 일이 없으면 직접 전투에 뛰어들지 말라고 말하고 싶지만, 전투가 위급한 일이 없을 수는 없지. 너무 나서지는 마라."

"그래."

벨드는 전투복으로 갈아입기 위해 자신의 방으로 향했다. 대회장 밖에는 마침 크리스의 작업을 돕기 위해 길드에 와 있던 이자벨이 우물쭈물하며 서 있었다.

"응? 이자벨이구나. 둔켈이 발로인에 출현한 소식 들었어?'

그녀는 고개를 끄덕이고 벨드의 손을 잡아끌며 심언으로 말했다.

'벨드도 직접 나가려고 하는 거예요?'

'응, 길드장님은 길드에 남아 있으라고 하셨지만 직접 눈으로 보고 싶어. 적을 미리 보고 싶거든.'

'저희 오빠도 아마 출전했을 거예요. 혹시라도 만나게 된다면 잘 부탁해요.'

'하하! 데니언 선배는 엄청 강하다고. 내가 뒤를 봐줄 필요도 없어. 그러니 염려하지 마.'

'네, 벨드도 조심하세요.'

둘의 대화에 엘락이 끼어들었다.

'이 녀석 걱정은 하지 말거라. 짜증나는 녀석이긴 하지만 내가 죽게 놔두지는 않을 테니까. 그깟 둔켈 녀석들 사이에서 위험에 빠질 일은 없을 것이다.'

'흥! 잘난 척은.'

'이, 이놈이 감히 겨울의 하급 신께…….'

'아, 네, 겨울의 하급 신님! 알아 모실 테니까 조용히 계시라구요.'

'푸훗!'

둘의 대화를 들으며 이자벨이 웃음을 터뜨렸다. 그제야 조금 안심이 된 벨드가 그녀의 머리를 쓰다듬으며 웃어 보였다.

'너무 걱정하지 말고 있어. 발로인의 룬아머러들이 금방 정리할 테니까. 너도 애들과 지하로 피신하고.'

'네, 알겠어요.'

'그럼 다녀올게.'

손을 흔든 벨드는 자신의 방을 향해 움직였다.

한참이나 그의 뒷모습을 보고 있던 이자벨 역시 지하로 피신하기 위해 대회장으로 들어섰다.

* * *

검은색 전투복을 입은 벨드가 건물 옥상을 달리고 있다.

높은 곳에서 내려다보니 저 멀리 곳곳에서 불길이 치솟고 있다.

룬아머러들이 날리는 공격 마법이 폭발을 일으키는 소리가 들려왔다.

"가까운 곳이다! 엘락, 주변 좀 살펴줘!"

"참, 효율적으로 날 이용하는군. 남서쪽 약 600멜리 떨어진 곳이다. 너희가 말하는 마이덴급 둔켈 네 마리와 룬아머러 세 명이 대적 중이다."

"고맙다."

"호오, 네게 감사를 받다니 기분이 이상하군."

"원래 나는 예의가 바른 사람이라고. 네가 비꼬지만 않으면 걸맞은 대우를 해줄 테니까 걱정 마."

"그 말투나 좀 고쳐라."

"처음부터 이놈저놈 한 게 누군데 그래?"

"흠흠! 서로 노력해 가자고. 그보다 마도력의 막을 몸 주변으로 쌓아라."

"응? 그건 왜?"

"원래 가즈아머는 둔켈과 천적이다. 둔켈은 본능적으로 가즈아머의 기운을 느낄 수 있지. 가즈아머의 기운을 느끼는 순간 모든 둔켈이 네게로 몰려들 거야."

"그, 그런 게 있었어?"

"그런데 할레에서 둔켈들이 널 죽이려고 모두 달려든 이야기 못 들어봤나?"

"아, 그렇군. 알았다."

벨드는 마른침을 삼키며 마도력의 흐름을 제어했다.

전투가 벌어지는 곳에 도착한 벨드가 건물 위에서 아래를 내려다보았다.

구리색, 청동색, 붉은색의 룬아머러가 그곳에 있었다.

그들은 가슴에는 피가 흐르는 랜스의 문장이 선명하게 새겨져 있었다.

"아! 저들이 붉은 랜스 길드의 룬아머러들이구나. 잠깐 구경해 볼까?"

마침 마이덴급의 둔켈 한 마리가 자신의 가슴을 벌리며 룬아머러들을 향해 화염 기둥을 쏘아냈다.

화르륵!

그 열기는 5층 높이의 건물 위에 있는 벨드에게까지 그대로 전해질 정도였다.

룬아머러들은 좌우로 퍼지며 둔켈의 공격을 피하더니 각자의 무기를 휘두르며 세 방향에서 동시에 둔켈을 향해 달려들었다.

상, 중, 하단 세 방향에서 공격하자 거대한 덩치의 마이덴급 둔켈조차 피하지 못하고 깊은 상처를 입으며 그 자리에 주저앉았다.

하지만 붉은색의 룬아머러 뒤로 달려온 둔켈 한 마리가 손을 휘둘러 그의 허리를 가격했다.

뻐걱!

둔탁한 소리가 들리며 룬아머가 함몰되었고, 그의 몸은 훨훨 날아 옆 건물에 처박혔다.

쿠웅!

붉은색의 룬아머러는 몇 번인가 움찔대더니 이내 움직임

을 멈추었다.

룬아머 사이로 선명하게 붉은 핏줄기가 흘러나오고 있다.

"크윽! 처참하군. 단 한 번의 실수로 저렇게 되다니……."

"정말 나약한 녀석이군. 저따위 둔켈에게 당할 정도
면……."

"네게는 그렇게 보이는 거야?"

"과거의 전장은 놈들과는 비교조차 할 수 없는 둔켈들이
세상에 깔려 있었지. 그때는 그야말로 진정 공포스러웠다. 그
때에 비교한다면 저놈들은……."

"흐음, 혹시라도 그런 놈들이 나타나기라도 하면 큰일이겠
군."

"저 룬아머러라는 녀석들이라면 순식간에 전멸할걸."

"그렇게까지 말할 정도라면……."

심각한 얼굴로 엘락의 이야기를 듣고 있을 때, 동료의 죽음
에 흔들리지 않은 두 룬아머러들이 조금 전의 둔켈을 공격해
들어갔다.

하지만 세 명의 룬아머러가 있을 때와는 양상이 달랐는데,
적극적인 공격을 하려다가도 다른 두 마리의 둔켈로 인해 효
과적인 공격이 이루어지지 못했던 것이다.

어느 쪽도 유리하다고 볼 수 없는 모습이다.

벨드가 머뭇거리고 있을 때, 또 근처에서 굉음이 터져 나

왔다.

콰아아앙!

근처 건물과 건물 사이에서 거대한 불기둥이 솟아올랐다.

"저기는 또 뭐지?"

고개를 돌리자 엘락의 목소리가 들려왔다.

'이자벨 오빠의 마도력이 저쪽에서 느껴지는군. 그리고 마이덴급 둔켈 두 마리.'

"응? 그런 것도 느낄 수 있어?"

'인간에게 체취가 있듯이 사람마다 마도력의 느낌이 다르다. 그 정도는 좀 느껴라.'

"쳇, 이제 겨우 마도력을 사용한 지 몇 달 되지도 않았다고. 너무 많은 걸 바라는 거 아닌가?"

'그래도 명색이 가즈아머 오너라면 그 정도는 해줘야지.'

"아, 알았다고!"

어째서 엘락에게 잔소리를 들어야 하는지 알 수 없다고 생각하며 마도력을 끌어올려 몸을 날렸다.

건물의 지붕 몇 개를 뛰어넘자 엘락이 가리킨 곳에 도착할 수 있었다.

아래를 내려다보자 두 명의 룬아머러를 볼 수 있었다.

하나는 지난날 광장에서 본 데니언의 붉은색 계열의 룬아머이고, 또 다른 하나는 옅은 금색을 띠고 있는 룬아머를 걸친 이다.

그 역시 가슴에 붉은 랜스 길드의 문장을 새겨 넣고 있었다.

뒤늦게 나타난 데니언이 화염계 공격 마법으로 마이텐급의 둔켈 한 마리를 공격한 상태인 듯했다.

금빛 룬아머러가 전성 마법진으로 데니언에게 인사를 전하고 있다.

"여! 데니, 이런 데서 만날 줄은 몰랐는데?"

"목숨이 경각에 달린 주제에 느긋하게 인사라니. 여전하구나, 아카넥."

"하하! 원래 사람은 변하면 금방 죽는다잖냐. 그런데 넌 웬일이냐?"

"지나가다가 둔켈들 사이에서 당황하고 있는 네놈을 보니 그냥 지나칠 수가 있어야지. 다른 길드원은 어디 있고 혼자 여기 있는 거냐?"

"헤, 사실 아직 편대 전투 교육을 다 받지 못해서 이동 중에 다른 길드원들을 놓쳤어."

"홋, 똑똑한 척하더니 결국 신입은 어리바리한 건가?"

"뭐, 그렇지. 그보다 저 녀석들부터 어떻게 해야 할 것 같은데? 네가 날린 불꽃으로는 아무렇지도 않게 일어나 버리네."

과연 아카넥의 말대로 별다른 충격을 받지 않은 둔켈들이 원래의 자세를 되찾았다.

그 중 한 마리가 화가 난 듯 거대한 체구임에도 놀라운 속도로 달려 데니언에게 접근했다.

"크앙!"

손톱은 물론 팔을 타고 날카로운 뿔이 삐죽 튀어나왔다. 손을 휘두르자 공기를 가르는 소리가 맹렬하게 들려왔다.

데니언과 아카넥은 양쪽으로 갈라지며 둔켈의 공격을 피했다.

그사이에 손에 거대한 화염구를 만들어내며 둔켈의 뒤통수를 향해 던졌다.

"이거나 먹어라!"

파아앙!

둔켈의 뒤통수를 정확하게 맞춘 화염구가 주변으로 불똥을 튀겼다.

살을 태우는 노린내가 피어올랐다.

하지만 둔켈은 조금의 미동도 없이 자신이 놓친 대상을 찾아 몸을 돌려 다시 움직였다.

"크윽! 이 자식들, 정말 클래이급과는 전혀 다르군."

데니언이 움직인 방향으로 달리던 둔켈이 손을 뻗었다.

손바닥이 함몰되며 검은 구멍이 생기더니 그곳으로부터

초록색의 액체가 발사되었다.

푸쉭!

"독이다, 데니언! 피해!"

아카넥의 외침이 데니언의 귀에 들렸다.

하지만 피하기에 늦었다는 것을 깨달은 데니언은 양손을 앞으로 뻗으며 불기둥을 쏘아냈다.

치익!

뛰어난 반사 신경을 이용하여 자신을 향해 날아온 독을 태워 버린 것이다.

그 모습을 지켜보던 벨드는 탄성을 내뱉었다.

"역시 데니언 선배군. 굉장한 임기응변이야."

공격을 무마시킨 데니언이 아카넥에게 외쳤다.

"멍청한 녀석아, 그렇게 보고만 있을 거냐! 주춤할 때 공격하라고! 너 같은 녀석이 어떻게 졸업했는지 모르겠군!"

그제야 정신을 차린 아카넥이 빠르게 움직이며 자신의 검을 빼 들었다. 마도력을 이용하여 검의 날을 만들어낸 그는 자연스러운 몸놀림으로 둔켈에게 접근했다.

그것을 본 둔켈이 손을 휘둘러 아카넥의 목숨을 위협했지만, 아슬아슬하게 피한 그는 둔켈의 허벅지와 허리, 그리고 등을 베었다.

서걱!

허벅지가 너덜거리고 허리로 내장이 흘러나왔다. 하지만 둔켈다운 회복력으로 인해 상처가 아물기 시작했다.

"아카넥, 떨어져!"

그의 외침과 함께 데니언의 공격이 날아왔다. 직선으로 뻗은 불기둥이 정확하게 둔켈의 상처를 격중시키며 태웠다. 그러자 상처는 더 이상 아물지 않았다.

"좋아, 데니! 이대로 간다!"

데니언의 엄호에 힘을 얻은 아카넥은 다시 한 번 마도력을 끌어올리며 달렸다.

그의 옆으로 거대한 불덩어리 두 개가 날아가 머리를 격중시키자 둔켈의 움직임이 주춤했다.

"크아앙!"

도움닫기를 한 아카넥이 검을 돌려 잡으며 뛰어올랐다. 가볍게 둔켈의 어깨까지 올라간 그는 검으로 정수리를 내려찍었다.

서걱!

손끝에 미세한 저항이 느껴지며 둔켈의 움직임이 완전히 멈추었다. 그리고 악취를 풍기며 무너지자 아카넥이 땅으로 뛰어내렸다.

"멋진 도움이었어, 데니!"

"잘했다, 아카넥!"

서로를 칭찬하던 둘은 금세 어색해지며 딴 곳을 바라보았다.

하지만 그것도 잠시, 한 마리 남은 둔켈이 빠른 속도로 다가오는 것을 발견했다.

그들은 양쪽으로 갈라지며 둔켈의 시선을 분산시켰다.

"데니! 마도력은 여유가 있냐?"

"그다지……. 한 놈한테 너무 많이 쏟아 부었다. 너는?"

"난 조금 여유가 있는데 혼자는 자신 없다. 이거 도망을 칠수도 없고 난감하군."

둔켈은 양쪽으로 갈라진 둘을 눈으로 쫓더니 데니언 쪽으로 향했다. 그의 속도가 조금 더 느린 것을 느낀 것이다.

"크앙!"

데니언은 자신을 쫓기 시작한 둔켈을 발견하고는 작은 화염구 하나를 얼굴을 향해 던졌다.

퍼엉!

그의 마도력이 현저하게 약해진 듯 전에 비해 위력이 눈에 띄게 줄어 있다.

연기가 걷히며 둔켈의 얼굴이 드러났다. 피부만 조금 화상을 입었을 뿐 큰 충격은 없는 듯했다.

"젠장! 어떻게 해봐, 아카넥! 이 속도라면 곧 잡히겠어!"

데니언을 쫓고 있는 둔켈을 아카넥이 쫓고 있었다. 어느 샌가 파괴된 건물들이 눈가로 빠르게 지나쳤다. 하지만 둔켈과의 거리는 좀처럼 좁혀지지 않고 있었다.

"조, 조금만 기다려! 어떻게든 해볼 테니까!"

데니언을 안심시키기 위해 그렇게 말했지만, 아카넥에게 마이덴급의 둔켈을 한 번에 멈추게 할 만한 능력은 없었다.

하지만 그대로 포기할 수는 없었기에 마도력을 더욱 끌어올려 속도를 높였다.

"타앗!"

경량화 마법진과 근력 강화 마법진, 그리고 민첩성 강화 마법진을 동시에 가동시켰다. 땅을 박차자 엄청난 가속도가 생겼다.

"이제 거의 다 왔다, 데니!"

순식간에 둔켈의 뒤까지 쫓아온 아카넥은 데니언의 등을 볼 수 있었다. 둔켈에게 따라잡히기 직전이다.

자신의 모든 마도력을 끌어올려 검으로 흘려 넣었다. 뭉뚝한 검 주변으로 투명한 날이 맺히는 것을 확인한 아카넥은 그것을 둔켈의 목에 찔러 넣었다.

"받아라, 이 자식아!"

치이이익!

두꺼운 둔켈의 살을 뚫으며 아카넥의 검이 박혀들었다.

"돼, 됐다!"

환희의 외침을 터뜨리려고 할 때 꿈틀거리는 느낌이 전해졌다. 그리고 둔켈의 고개가 돌아가며 붉은 눈동자들이 아카넥을 주시했다.

"크룽!"

"젠장! 내핵에 빗맞았다!"

놀란 아카넥이 마도력을 끌어올리며 피하려 했다

하지만 동시에 세 개의 마법진을 발동시킨 데다가 공격하기 위해 검의 마법진까지 발동시킨 그에게 여분의 마도력이 있지 않았다.

"크윽! 빌어먹을! 이럴 때에 실수를 하다니……."

둔켈의 굵직한 주먹이 휘둘러졌다. 눈으로 보고 있지만 피할 수 없던 그는 마지막으로 외쳤다.

"너라도 도망가, 데니언!"

그렇게 외친 아카넥이 눈을 질끈 감았다.

곧 놈의 주먹에 맞은 룬아머가 종잇장처럼 구겨지고 자신의 폐부를 찔러올 것이다.

그리고 엄청난 고통과 함께 죽어갈 것이다.

죽는 것이 무서웠지만 데니언이라는 동기와 멋지게 싸웠다고 생각하자 웃음이 나왔다.

그렇게 삶을 체념했다.

"제가 막을 테니 빨리 이곳을 빠져나가세요."

그때 귓가로 들려오는 낯선 목소리.

아카넥이 눈을 떠보니 처음 보는 룬아머러가 둔켈의 주먹을 한 손으로 막아낸 채 그의 옆에 서 있다.

"누, 누구?"

하지만 눈앞의 룬아머러는 아무런 대답이 없었다.

수많은 타입의 룬아머를 봐온 그지만 처음 보는 타입의 룬아머를 걸친 인물, 그리고 어디에도 소속된 길드의 문장이 없었다.

"서두르세요."

오른손이 잡힌 둔켈은 힘을 줬지만 눈앞의 룬아머러의 손아귀에서 빼낼 수 없었다.

룬아머러의 알 수 없는 괴력에 당황한 둔켈은 왼손을 휘둘러 그를 죽이려 했다

처억!

맹렬하게 날아오는 왼손마저 룬아머러의 손에 잡혔다.

건틀릿 마디가 둔켈의 팔에 박혀들어 갈 만큼 강한 손아귀 힘이다.

그렇게 둔켈의 양팔을 잡은 룬아머러는 둔켈의 가슴을 발로 딛고 힘을 주었다.

뻐직!

오싹한 소리가 나며 둔켈의 양 어께로 검은 피가 뿜어졌다.

어른의 허리만큼이나 굵직한 둔켈의 두 팔을 힘으로 잡아 뽑은 것이다.

"크아앙!"

통증을 느끼지 못하는 둔켈조차도 충격이 컸는지 처절한 울음소리를 터뜨렸다.

아무렇지도 않게 뽑아낸 팔을 멀리 던졌다.

"이제 더 이상 독을 쏘아낼 수 없겠지. 위험한 녀석."

그렇게 말한 미지의 룬아머러는 괴성을 지르고 있는 둔켈을 향해 달리더니 가볍게 뛰어올라 머리를 잡았다.

손에 힘을 주자 건틀릿 마디가 둔켈의 머리 깊숙이 파고들었다.

그그극!

둔켈의 두개골이 힘을 이지기 못하고 바스러지는 소리가 들렸다.

룬아머러가 반대쪽에 내려앉자 마이덴급의 거대한 둔켈이 뒤로 넘어가며 허공에 흩어졌다.

순식간에 마이덴급의 둔켈 한 마리를 해치우는 모습에 아카넥과 데니언의 넋이 나갈 정도였다.

그의 겉모습을 살피던 데니언이 기억을 더듬으며 중얼거렸다.

"은색 투구에 파란색 수술… 앨리 나이츠? 당신이 앨리 나이츠인가?"

아무런 대답을 하지 않은 신비의 룬아머러는 땅을 박차고 높이 솟구쳤다.

그리고 건물 하나를 뛰어넘으며 자취를 감추었다.

"누구지? 데니언, 알고 있냐?"

"확실히는 몰라. 얼마 전에 저 비슷한 투구를 쓴 자가 나타났다는 이야기를 들었어. 정체는 알 수 없고."

"호오, 정체를 알 수 없는 정의의 사도라는 건가? 어떤 장인의 신형 룬아머 같은걸? 굉장한 성능이었어."

"조금 이상한 것은 분명 검을 차고 있었는데 무기를 꺼내지도 않았다는 거다. 마이덴급 둔켈쯤은 그럴 만한 가치도 없다는 건가?"

그의 어깨를 툭 친 아카넥이 말했다.

"이러고 있을 시간이 없어. 안전한 곳을 찾아서 마도력을 회복해야 한다고."

"응, 그래. 고작 한 마리 처리하는 데 마도력을 다 써버리다니. 무능함을 통감하는군."

"하아, 나는 괜히 졸업했다는 생각을 하고 있다고. 아직 전장에서 뛸 실력이 아니라는 사실을 통감한다니까."

"배부른 소리 그만 하고 어서 가자."

그들은 또 다른 둔켈이 나타나는 것을 경계하며 조용한 장소를 찾아 움직였다.

건물의 지붕을 달리던 벨드가 가즈아머를 해제하였다. 어느새 땀이 흘러 전투복을 적시고 있었다. 엘락의 목소리가 머릿속을 울렸다.

'왜 무기와 빙계 공격을 안 쓴 것이냐? 좋은 훈련이 될 텐데……'

"한번 겨루어본 데니언 선배는 내 움직임을 알고 있을 거야. 분명 무기를 사용했다면 뭔가 익숙함을 느꼈을걸. 그리고 네 빙계 공격은 너무나 위력이 강해. 좁은 공간에서 썼다가는 저 둘 역시 피해를 입을 테니까."

'흐음, 역시 신분을 숨기는 것은 귀찮은 일이로군.'

"주변 상황은?"

'바로 앞 건물 사이에 마이덴급 둔켈 한 마리가 있다.'

"대적하는 룬아머러는?"

'음, 마도력이 전혀 느껴지지 않는 것을 보니 아무도 없는 것 같은데?'

지붕 끝까지 달린 벨드가 조심스럽게 아래를 내려다보았다.

그곳에는 엘락의 말대로 한 마리의 마이덴급 둔켈이 주변을 둘러보고 있었다.

그 주변으로 세 명의 룬아머러 시신이 처참하게 찢어져 흩어져 있었는데, 격렬한 전투가 벌어졌음을 알 수 있었다.

그 잔혹한 장면에 벨드는 속이 울렁임을 느꼈다.

"우욱!"

입 주변을 소매로 닦은 벨드가 주먹을 쥐었다.

"나쁜 자식들!"

그는 다시금 마도력을 끌어올려 가즈아머를 소환했다.

차앙!

허리춤의 샤브레를 뽑아 든 벨드는 건물 아래로 달려가 뛰어내렸다. 어차피 보는 이가 없는 만큼 거리낄 것이 없었다.

"주변의 기척을 감시해 줘, 엘락."

건물에서 뛰어내린 벨드는 둔켈의 앞에 가볍게 착지했다. 그의 몸 주변으로 차가운 냉가가 맹렬하게 흘러나왔다.

"덤벼라, 흉측한 녀석아!"

"크앙!"

둔켈의 입이 쩌억 벌어졌다. 그리고 시커먼 입에서 거대한 불덩어리가 뿜어져 나왔다.

화르륵!"

그것을 본 벨드는 피하기는커녕 앞으로 달려가더니 살짝 뛰어올라 불덩어리를 피했다.

속도를 그대로 살린 벨드는 손바닥을 뻗으며 외쳤다.

"그 얼굴부터 얼음 덩어리로 만들어주마! 프로즌 샷(Frozen

Shot)!"

손아귀에서 주먹만 한 하얀 얼음 덩어리가 뿜어져 날아가더니 둔켈의 안면에 작렬했다.

처음에는 주먹만 한 크기였지만, 빠른 속도로 주변으로 뻗어 나가며 둔켈의 얼굴을 얼려나갔다.

쩌저적!

순식간에 얼음 덩어리가 되어버린 둔켈의 머리로 날아오른 벨드가 무릎으로 가격했다.

뻐걱!

둔탁한 소리를 내며 얼어붙은 둔켈의 머리가 산산조각이 났다. 그리고 샤브레를 뒤집어 잡은 그는 빙글 몸을 돌리며 둔켈의 뒷덜미를 깊게 베었다.

서걱!

내핵이 파괴되자 둔켈의 몸이 흩어지며 역한 냄새를 피워냈다.

'역시 피는 속일 수 없군. 좋은 몸놀림이었다.'

가즈아머를 해제한 벨드가 숨을 한번 고르며 되물었다.

"피를 못 속인다니 무슨 말이야? 우리 부모님을 본 적도 없으면서."

'흐훗! 아직은 비밀이다. 내 유일한 재미라고나 할까.'

"이상한 녀석."

'그보다 좋은 구경을 놓칠 거냐?'

"응?"

'남서 방향 1켈리(약900m) 엑스터급 둔켈이 있군. 상당히 많은 룬아머러들이 대적하고 있다.'

"엑스터급이라고?!"

'그 정도는 되어야 좀 볼 만하지.'

"흐음, 좋은 구경이라기보다는 위험한 거 아냐?"

'엑스터급 둔켈에게 쩔쩔매다가는 앞으로 어쩌려고? 이 시대 녀석들은 그야말로 나약하군.'

"일단 움직여야겠다."

벨드는 직선거리로 움직이기 위해 다시 건물의 옥상으로 뛰어올랐다. 눈에 익숙한 첨탑을 보며 방향을 잡은 그는 빠르게 달리기 시작했다.

레기어스 플러드

Master of Fragments

두어 개의 건물을 뛰어넘으며 달리는 벨드의 귀에 익숙한 목소리가 들렸다.

"야, 벨드, 너 여기서 뭐하고 있는 거냐?"

가슴이 뜨끔해 놀란 벨드가 돌아보자 한 건물의 옥상에 숨어 둔켈 전투를 구경하고 있는 로렌과 클로아가 보였다.

"응? 너희는 여기서 뭘 하고 있는 거야?"

"뭘 하긴, 전투 견학하고 있는 중이지. 둔켈을 직접 볼 수 있는 절호의 기회인데 황립 룬아머러 아카데미의 생도로서 피신처에서 몸을 사리고 있을 수는 없잖아?"

"하지만 여기는 엄청 위험하다고! 노련한 룬아머러들도 죽어나가는 전장이야!"

벨드가 흥분하며 말하자 클로아가 눈을 가늘게 떴다.

"교수님처럼 말하긴. 그러는 너는 그렇게 위험한 전장에서 뭘 하고 있는 건데?"

벨드는 말문이 막혔다.

"그, 그… 나도 견학."

"거봐. 우리 다 똑같은 생각을 하고 있다고. 그나저나 어디로 가던 중이니?"

"으음, 남서쪽에 엑스터급 둔켈이 있어서 보러 가는 중이야."

로렌의 눈이 동그랗게 커졌다.

"에, 엑스터급이라고? 괴, 굉장하다!"

"이건 굉장한 게 아니야. 발로인 도심에 엑스터급 둔켈이 나타난 건 극히 위험한 일이라고. 좀 자각을 가져라."

"네 말도 맞긴 하지만 굉장한 건 굉장한 거야. 우리도 그쪽으로 가보자, 클로아."

클로아는 조금 껄끄러워하는 얼굴이다.

"우리 너무 위험한 데 뛰어드는 거 아니니? 엑스터급은 정말 위험하다고."

"흠, 내가 강제할 수 있는 문제는 아닌 것 같다. 클로아, 네가 정해."

"그럼 난 빠질래."

로렌은 조금 서운한 듯했지만 그녀를 말리지는 않았다.

"조심히 들어가도록 해. 우리는 그럼 움직일 테니까."

"그래, 너희들도 조심해. 둔켈에게 너무 가까이 가지 말
고."

"응."

벨드와 로렌은 반대방향으로 떠나는 클로아를 바라보며
몸을 돌렸다.

"우리도 가자."

벨드와 로렌은 서둘러 남서쪽을 향해 움직이기 시작했다.
건물 사이를 뛰어넘으며 달리던 로렌은 호흡이 조금 가빠 옴
을 느꼈다.

"후욱! 후욱!"

곁눈질로 벨드를 살펴보니 아무런 표정 변화가 없다. 자존
심이 상하는 것을 느낀 로렌은 마도력을 더욱 끌어올리며 벨
드와 속도를 맞추었다.

곁에서 달리던 벨드가 물었다.

"그보다 너는 룬아머를 수령했어?"

"응. 하지만 아직 마음대로 다룰 수 있는 단계는 아니야.
겨우 착용만 할 수 있는 정도이지 마법진을 발동시킬 수가 없

거든. 넌?"

잠시 머뭇거린 벨드가 대충 둘러댔다.

"아, 음, 나도 비슷해. 숙부께서 룬아머를 맞춰주셔서 갖긴 했지만 마음대로 사용할 수는 없어."

"결국 둔켈과 맞닥뜨리면 미친 듯이 도망쳐야겠군."

"그렇지. 그러니 긴장 늦추지 말라고."

"하하! 너야말로. 발로인 지리도 모르니까 잘 도망쳐야 해."

"할 말이 없군."

몇 마디의 대화를 나누는 사이 전장에 접근해 있었다.

얼마 떨어지지 않은 곳에 2층 높이의 건물 위로 거뭇한 생명체의 머리가 조금 드러나 있다.

"우욱! 저, 저게 엑스터급 둔켈인가? 건물 위로 머리가 보일 정도잖아?"

"그, 그러게. 역시 마이덴급 둔켈과는 스케일부터 다르군."

접근할수록 엑스터급 둔켈의 크기가 실감되기 시작했다.

"더 이상 접근할 수 없겠는데? 이미 룬아머러들이 지붕까지 점령하고 전투 중이야."

"그런 것 같다."

주변을 둘러보던 벨드가 도시에서 가장 높은 종탑을 발견했다.

"저쪽으로 올라가자. 종탑이라면 안전하게 잘 볼 수 있을 거야."

"좋은 생각."

서로 마주 보며 고개를 끄덕인 벨드와 로렌은 종탑으로 향해 달렸다.

종탑의 벽면을 다람쥐처럼 타고 올라간 둘은 금세 마지막 층에 도달할 수 있었다.

비상 종소리가 계속해서 울려 퍼져 시끄러웠지만 그럭저럭 참을 만은 했다.

전투가 벌어지고 있는 방향을 내려다보니 벨드의 생각대로 한눈에 룬아머러들과 둔켈의 모습이 시야에 들어왔다.

"명당이로군."

"응 조금은 안심하고 구경할 수 있겠어."

그들은 입을 다물고 엑스터급 둔켈과 룬아머러들의 전투를 유심히 살피기 시작했다.

검은 비늘로 덮인 계란 모양을 한 거대한 둔켈. 가장 윗부분은 머리라고 추정되는 덩어리가 얹어져 수십 개의 눈동자로 주변의 룬아머러들을 살피고 있다.

십여 명의 룬아머러들이 흩어져 눈앞에 보이는 엑스터급의 둔켈을 둘러싸고 있다.

근처에서는 건물들이 불타오르고 있고, 몇 명의 룬아머러가 검게 타 죽어 있다.

활활 타오르는 불빛에 비친 둔켈의 모습은 이색적이었다.

룬아머러 중에는 청동 날개의 헥터 역시 포함되어 있었다.

그의 붉은 룬아머 곳곳에 검은 재가 묻어 있다.

전투망치를 양손으로 굳게 들고 있던 헥터는 탄성을 터뜨렸다.

"허! 이건 말이 엑스터급이지 거의 크기는 카이저급이나 다름없군. 통상적인 공격이 전혀 먹히지를 않아."

연이은 공격 후 한숨 돌리던 그는 둔켈에게 덤벼드는 붉은 랜스 길드의 룬아머러를 바라보았다.

다들 상당한 실력을 가진 룬아머러들이지만, 눈앞의 둔켈에게 고전을 면치 못하고 있었다.

룬아머러 한 명이 양손검을 치켜들며 둔켈에게 달려들었다.

"하아앗!"

하지만 그의 움직임은 둔켈에게 이미 발각된 상태였다.

둔켈의 몸체를 덮고 있는 비늘이 세워지며 검은 구멍이 드러났다.

화르르륵!

둔켈의 피부로부터 휘발 액이 섞인 불기둥이 뿜어졌다.

"으윽! 눈치챘나!"

양손검을 들고 공격하던 룬아머러는 급히 방향을 바꾸며 불기둥을 피하려 했다.

하지만 옆의 비늘들이 동시에 열리며 불기둥의 면적이 넓어졌고, 결국 빠져나오지 못한 룬아머러는 불길에 휩쓸렸다.

"끄아악!"

처절한 비명성이 룬아머러들의 전성 마법진을 통해 그대로 전달되었다.

내열 마법진이 있음에도 휘발 액으로 인해 불이 꺼지지 않았다.

결국 룬아머러의 고통이 오래 지속될 뿐이다. 헥터는 침음성을 흘렸다.

"이래선 피해만 커질 뿐이다. 뭔가 방법이 필요한데……."

안타까움을 토로하고 있을 때 누군가 그의 옆으로 다가왔다.

"여어! 헥터 길드장 아니십니까?"

고개를 돌려보니 덩치 큰 진갈색의 룬아머러가 다가와 있다.

가슴에는 청동 날개 길드의 문양이 새겨져 있는데, 그 위로 은퇴자를 표시하는 금색의 선이 두 줄 그어져 있다.

"오, 클로드, 자네도 합류했군."

"껄껄! 몸이 잘 움직일지는 모르겠지만 집 안에서 피신해 있는 게 체질에 안 맞으니 어쩔 수 없지 않겠습니까?"

한때 헥터와 자웅을 겨루었다는 크리스의 아버지인 클로드였다.

그는 허리까지 올라오는 두꺼운 양손 곤봉으로 땅을 짚고 있었다.

"상황은 어떻게 돌아가고 있습니까?"

"좋지 않네. 몇 년 전보다 더 힘든 녀석이야. 저 둥근 몸 어디에 내핵이 있는지 알 수가 없네. 룬아머러들의 절삭 무기로는 몸의 중심까지 닿지도 않는다네. 이럴 때 슈반스의 광창이라도 있었다면……."

"흠, 크리스에게 대충 이야기 들었습니다. 근심이 크시겠군요."

"지금은 기다리는 수밖에. 그보다 저놈을 어떻게 할지가 우선이군."

"말씀을 들어보니 우리 같은 둔기형 무기로는 전혀 안 먹힐 듯한데……."

둔켈을 보며 약점을 찾아보았지만 별다른 소득이 없다.

붉은 랜스 길드의 룬아머러들은 소모전을 치르며 둔켈의 이동을 막는 것에만 급급해하고 있었다.

어디선가 누군가의 우렁찬 목소리가 전장에 울려 퍼졌다.

"공격 중인 룬아머러들이여, 좌우로 물러나라!"

고개를 돌려보니 맞은편 건물의 옥상에 금속으로 이루어진 기마용 랜스(Lance)를 든 진붉은 색의 룬아머러가 모습을 드러내고 있다.

그를 한눈에 알아본 헥터가 나직하게 말했다.

"어디서 조용히 있더니 드디어 나타난 것인가?"

클로드가 탄성을 내뱉었다.

"호오! 저 붉은 견갑을 보니 쟝 크미드가 설계한 룬아머인 듯하군. 저놈은 누굽니까?"

헥터는 조금 역정이 담긴 목소리로 짧게 대답했다.

"레기어스 플러드."

"아, 저자가 레기어스로군요."

"붉은 랜스의 길드장이라는 자가 부하들이 처절하게 죽어가고 있는데 이제야 나타나 멋을 부리겠다는 것이지."

"흐음, 듣고 보니 좀 문제가 있는 놈이로군요. 무기가 랜스인 걸 보니 관통형 기술을 쓰는 녀석입니까?"

"그래서 더 열 받는 걸세. 어디 한번 지켜나 보세."

둔켈과 대적하던 붉은 랜스 길드의 룬아머러들이 급히 좌우로 벌어졌다.

자신들의 길드장이 등장하자 안도감과 기대감이 섞인 환호성이 터져 나왔다.

주변을 쓱 둘러보던 레기어스가 자신의 마도력을 최대로

끌어올렸다.

"하압!"

짧은 기합과 함께 룬아머 주변으로 또렷한 붉은 오라가 피어올랐다.

룬아머가 나직한 울음소리를 낼 정도의 강한 마도력, 그리고 랜스에 새겨진 복잡한 마법진이 붉은 빛을 발했다.

구우웅!

마도력이 응축되며 랜스의 빛이 강해지더니 레기어스가 큰 목소리로 외쳤다.

"페니트레이트 캐넌(Panetrate Canon)!"

랜스의 마법진에 응축된 마도력이 뿜어져 나가며 나선형의 광선(光線)을 만들어냈다.

둔켈이 반응조차 하기 전에 광선은 둔켈의 가장 두꺼운 부분을 뚫고 들어가더니 반대편까지 관통해 나왔다.

쿠구구궁!

둔켈을 관통하고서도 파괴력이 남은 나선형의 광선은 둔켈 후면의 건물 한 채를 무너뜨리고 나서야 사라졌다.

"크르륵!"

둔켈의 움직임이 멈추더니 머리 부분이 본체에서 분리되어 나왔다.

수십 개의 붉은 눈이 달린 둥근 머리는 빠르게 구르며 도망치기 시작했는데, 레기어스의 명령으로 둔켈로부터 상당 거리 떨어진 룬아머러들은 빤히 보고도 대응할 수 없었다.

그때, 어디선가 거대한 전투망치가 날아왔다.

"해머 익스플로션(Hammer Exprosion)!

전투망치는 도망치는 둔켈의 머리를 정확하게 적중시키더니 큰 폭발을 일으켰다.

콰아아앙!

머리가 사라지고 나서야 둔켈의 본체는 허공중에 흩어졌다.

"양핵형(내핵을 두 개 가진 둔켈) 둔켈인가? 놓쳤다가는 다시 핵분열을 일으켜 원상 복구될 뻔했군."

헥터가 바닥에 떨어진 전투해머를 주우며 중얼거렸다.

"이보게, 핵터 길버트 경! 우리 붉은 랜스의 공훈을 그렇게 가로채면 곤란하지 않소?"

투구가 해제되며 갈색 머리를 뒤로 넘긴 레기어스다. 그를 쓱 바라본 헥터가 담담한 목소리로 대답했다.

"공훈을 원하신다면 레기어스 경이 이놈을 처리한 것으로 하시오. 난 공훈 따위는 관심 없소이다. 그저 이놈이 다시 모습을 나타내지 않기를 바랄 뿐."

"흥! 그 초탈한 척하는 태도가 정말 눈에 거슬리는구려."

건방진 말투에 클로드가 이마에 핏줄을 세웠다.

"말이 지나치지 않소! 헥터 길드장님께서는……."

헥터가 손을 들어 클로드의 말을 가로막았다.

"반응할 것 없네, 클로드."

그리고 주변을 둘러본 헥터가 말했다.

"우리에게 신경 쓸 여유가 있다면 전사자들이나 돌보시는 것이 좋을 것 같소. 항의는 그 후에 해도 늦지 않을 테니."

"헥터 길버트……."

레기어스가 어금니를 깨물며 분노했다

그에 별다른 반응을 하지 않은 헥터는 몸을 획 돌리며 전장을 빠져나갔고, 클로드 역시 그의 뒤를 따르기 시작했다. 레기어스의 옆으로 부관이 다가왔다.

"헥터 저 영감은 여전하군요. 너무 신경 쓰지 마십시오. 언제 죽어도 이상하지 않을 나이의 늙은이일 뿐이니까요."

그의 말에 기분을 누그러뜨린 레기어스가 피식 웃었다.

"자네 말이 맞군. 이제 이빨 빠진 호랑이나 다름없는 늙은이지. 서둘러 길드원의 시신을 수습하게. 가용 인원들은 둔켈 잔당을 소탕하도록."

"네, 길드장님."

짧게 대답한 부관이 몸을 돌리자 레기어스가 혼잣말로 중얼거렸다.

"그건 그렇고, 현자의 탑 놈들, 내게 귀띔도 없이 엑스터급의 둔켈을 소환하다니… 감히 나를 시험해 보는 것인가? 느긋하게 구경만 하다 갑자기 나오게 되어버렸어. 잠자코 넘어갈 일은 아닌 것 같아."

날카로운 눈을 한 레기어스는 몸을 휙 돌리며 어디론가 자리를 옮겼다.

*　　*　　*

종탑에서 전투를 바라보던 로렌이 침을 튀며 흥분하고 있다.

"우와! 봤냐? 분명 붉은 랜스 길드의 길드장인 레기어스 경이겠지? 정말 엄청난 공격이었어! 태후의 권력을 등에 업고 황실 제1 룬아머러 길드가 되었다고 소문이 무성했는데 사실 대단한 능력을 가졌다는 건가?"

하지만 벨드의 표정은 그와 상반되어 조금은 침울하게 가라앉은 눈빛으로 고개를 끄덕인다.

"확실히 대단한 실력자야. 저 거대한 둔켈을 한 방에 관통시키는 기술이라니……."

"그러게. 내일 아카데미에 가면 이야깃거리가 엄청나겠군. 역시 여기까지 나오길 잘했어."

그들이 대화하는 사이 그들이 서 있던 종탑의 종소리가 멈추었다. 둔켈의 잔당이 모두 소탕되었음을 뜻하는 것이다.

벨드는 깊은 한숨을 내쉬며 높은 종탑에서 발로인을 내려다보았다. 여기저기에서 불길이 치솟았고, 사람들의 비명 소리와 흐느낌이 섞여 있다. 벨드는 서글퍼짐을 느꼈다.

"그렇게 놀라워하고 있을 때가 아니야, 로렌. 수많은 시민과 룬아머러들이 목숨을 잃은 슬픈 날이라고. 또 언제 놈들이 다시 공격을 해올지도 모르는 일이고. 혼란은 이제 시작이야."

로렌은 머쓱한지 머리를 긁적였다.

"으음, 그렇군. 내가 철없이 들떠 있었군. 하지만 가슴이 불타오르는 건 틀림없는 사실이야. 나도 저들처럼 용맹한 룬아머러가 될 테니까!"

"……."

이후로 별다른 말을 하지 않은 벨드는 발로인의 전역을 둘러보며 시선을 떼지 못하고 있었다.

"난 돌아가 봐야겠다."

"응? 먼저 가려고?"

"응. 식구들이 안전한지 확인해 봐야겠어."

"그래, 그럼 내일 보자."

고개를 가볍게 끄덕여 보인 벨드는 몸을 날렸다.

헥터는 청동 날개 길드로 귀환했다.

미케닉실로 바로 걸음을 한 그는 룬아머를 소환하여 집사인 펠러의 도움을 받아 파츠들을 벗어 투구 걸이에 걸었다.

철컥! 철컥!

미케닉실의 문이 열리며 크리스와 한발 먼저 귀환한 벨드, 그리고 카일이 들어왔다.

"길드장님, 무사히 돌아오셨군요?"

"허헛! 그럼 별일 있을 줄 알았느냐?"

별일 아니라는 듯 웃어 보이지만 조금은 지친 얼굴임을 알아볼 수 있었다.

"새로 적용시킨 마나 코어는 어땠어요?"

"아주 좋았다. 사실 제대로 작동될지 조마조마했는데 기우였더구나. 마나 증폭률이 더 개선된 느낌이던데……."

"네, 맞아요. 조금 효율을 높여본 거예요."

"기특하구나."

헥터가 벗어놓은 파츠를 매만지며 전장의 치열함을 느낀 벨드가 물었다.

"바깥의 상황은 모두 정리가 되었나요?"

"흐음, 많은 전사자가 났단다. 시민들의 피해도 상당히 크고. 내일 붉은 랜스 길드의 전황 보고를 봐야 알겠지만 오늘의 침공으로 발로인의 방어 능력이 현저하게 떨어졌음은 확실하다."

"둔켈 놈들, 어디서 나타난 걸까요?"

룬아머를 모두 해제하고 수건으로 땀을 닦던 헥터가 잠시 멈추었다.

"분명한 것은 발로인 내부에서 나타난 것이란다. 내일 날이 밝는 대로 황궁으로 찾아가 발로인 수색을 요청할 예정이야."

"음, 그렇군요."

잠시 벨드의 얼굴을 물끄러미 바라본 헥터가 말을 이었다.

"아마 수도인 발로인 역시 안전하지 못하다는 판단이 선다면 황립 룬아머러 아카데미 생도들도 모두 전선에 투입될 게다."

"그, 그런. 아직 훈련을 끝마치지도 못한 생도들인데……."

"후우, 졸업반은 모두 룬아머를 지급 받았을 게다. 상황이 이렇게 된 이상 그것에 익숙해지는 것은 생도 각자의 문제. 전시 상황에 돌입한 이상 생도와 정규 룬아머러와의 대우는 다르지 않을 게다."

"그럼 후배 생도들은 어떻게 되는 거죠?"

"흐음, 가문에서 구입한 룬아머를 가진 생도들은 역시 정규 룬아머러 부대로 편성, 그 외에는 치안유지병으로 차출되는 것이 전시 규정이다."

"그렇군요."

"뭐, 그렇게 되지 않기를 바라는 수밖에. 그럼 난 좀 쉬어야겠다. 크리스, 룬아머 손질 좀 부탁하마."

크리스는 이미 자신이 해야 할 일을 잘 알기에 작업 도구를 모으고 있었다.

"걱정 마세요, 길드장님. 언제든지 출전할 수 있게 준비해 놓을 테니까요."

"고맙구나. 그럼 수고하거라."

헥터는 미케닉실을 빠져나갔다. 착 가라앉은 얼굴의 벨드를 향해 카일이 말했다.

"벨드, 너도 좀 들어가서 쉬어라. 나가서 전투를 벌였을 것 아냐. 피곤해 보인다."

"으, 응. 하지만 난 괜찮은데……."

"훗! 딱히 도와줄 일도 없잖냐. 그러니 방에 들어가 있어."

처음 경험한 둔켈과의 전투. 많은 룬아머러와 시민들의 죽음을 목격한 그는 이대로 방에서 쉴 수 없을 듯했다.

"음, 이자벨은 아직 작업실에 있지? 그럼 난 이자벨을 집에 데려다 주고 올게."

"이 녀석, 또 이자벨과 같이 있고 싶은 거냐? 마음대로 해라."

카일의 놀림에 뭐라 대답할 마음의 여유가 없는 벨드는 미케닉실 문을 열고 나섰다.

둔켈과의 전투로 인해 만신창이가 된 발로인의 밤.

가로등이 켜지지 않아 어두운 거리를 벨드와 이자벨이 걷고 있다.

깊은 생각에 잠긴 벨드가 한동안 아무 말 없이 걷자 걱정이 된 이자벨이 그의 손을 잡았다.

'어디 안 좋은 곳이 있나요?'

그제야 이자벨과 함께 걷고 있다는 사실을 깨달은 벨드는 어색한 웃음을 지어 보였다.

'미안. 잠시 생각에 빠져 있었어.'

'아, 그렇군요.'

이자벨은 서두르지 않고 조용히 벨드의 이야기를 기다렸다. 잠시 침묵을 지키던 벨드가 심언으로 이야기를 꺼냈다.

'뭐가 뭔지 모르겠어. 둔켈과 룬아머러들, 그리고 힘없는 시민들의 죽음, 승리에 도취되어 환호하는 사람들, 죽음에 슬퍼하는 사람들, 그리고 그 속에 서 있는 내 모습.'

'혼란스럽군요?'

'응, 승리에 기뻐해야 할지, 이 일을 저지른 자들에게 분노해야 할지, 죽은 사람들을 애도해야 할지… 전혀 모르겠

거든.'

잠시 벨드의 얼굴에 복잡한 감정이 스쳐 지나갔다. 그것을 본 이자벨은 손을 벨드의 가슴에 가져다 대었다.

'전 잘은 모르지만 벨드는 아주 강하고 따뜻한 심장을 가진 사람이에요. 꼭 하나만 느껴야 할 필요가 있을까요? 기뻐할 때는 기뻐하고, 분노할 때는 분노하고, 슬퍼할 때는 슬퍼하면 그대로 좋은 게 아닐까요? 결국 벨드도 평범한 사람이니까요.'

가슴에 닿은 이자벨의 손이 따뜻하다고 느꼈다.

그리고 복잡하게 날뛰던 가슴이 그녀의 말에 조금은 진정되는 듯했다.

'그런 건가?'

'네, 그런 거예요. 너무 많은 짐을 지려고 하지 말아요. 조금씩 능력은 다르지만 결국 우리는 평범한 사람이니까요.'

벨드는 한결 편안한 얼굴로 고개를 끄덕였다.

'응.'

그들은 어느새 이자벨의 저택에 닿았다. 정문 앞에는 데니언이 이자벨을 기다리고 있었는데, 이자벨이 돌아오지 않자 걱정스러워 기다리고 있던 것이다.

이자벨을 발견한 데니언이 달려왔다.

"이자벨! 이제 돌아왔구나? 청동 날개 길드에 있는 줄은 알고 있었지만 그래도 돌아오지 않아 걱정했다."

이자벨 역시 그의 안전을 걱정하고 있던 터라 반가운 표정이다.

고개를 돌려 벨드를 본 데니언이 고개를 끄덕여 보였다.

"데려다 줘서 고맙다."

"아니에요. 오늘은 제가 이자벨에게 도움을 많이 받았어요."

"음, 그래?"

"그럼 저는 돌아가겠습니다. 전투를 치르느라 피곤하실 테니 푹 쉬세요."

그렇게 말한 벨드는 몸을 돌려 왔던 길로 돌아갔다.

어둠에 묻히는 벨드의 뒷모습을 보던 데니언이 고개를 갸웃거렸다.

"응? 저 녀석이 어떻게 내가 전투를 치른 것을 아는 거지?"

하지만 생각은 길게 이어지지 못했는데, 이자벨이 그의 손을 잡아끌었기 때문이다.

'오빠, 무슨 생각을 그렇게 해요?'

"응? 아무것도 아니다. 그나저나 오늘도 일을 너무 많이 한 거 아냐?"

'오늘은 작업을 많이 하지는 않았어요. 숨어만 있었는걸요.'

"그랬구나. 그나저나 너 내 룬아머를 봐주는 시간보다 요즘은 청동 날개에 가 있는 시간이 너무 많은 거 아냐? 나 서운해할지도 모른다고."

'나 참, 오빠도……'

"하핫! 물론 그럴 리 없겠지?"

'그럴 리 없으니까 걱정하지 마요. 오늘 전투는 어땠어요?'

"아, 오랜만에 붉은 랜스 길드에 들어간 아카넥 녀석을 만났어. 왜, 너 소개시켜 달라고 쫓아다니던 녀석 말이야. 이 녀석이 둔켈 두 마리 앞에서 잔뜩 얼어 있는 거 아니겠어? 그래서 내가……."

데니언은 오늘 있었던 전투 이야기를 들려주며 집 안으로 들어섰다.

CHAPTER
27

규율회의

Master of Fragments

다음날, 벨드는 도심을 가로질러 룬아머러 아카데미로 향했다. 곳곳이 파괴된 도시를 보자 어제의 치열한 전투가 회상되었다.

"흐음, 처참하군."

붕괴되기 일보 직전인 건물들과 바닥의 핏자국. 벨드의 가슴 한구석이 쓸쓸해져 왔다.

룬아머러 아카데미의 입구에 이자벨이 그를 기다리고 있었다.

"아, 이자벨, 좋은 아침… 인가? 이런 상황에 좋은 아침일 수는 없을 것 같네."

그의 감정을 이해하는지 이자벨이 밝게 웃어주었다. 그녀는 자연스럽게 벨드의 손을 잡으며 말했다.

'어제 데니언 오빠에게 들었어요. 앨리 나이츠, 벨드였죠?'

'으, 응. 조금만 늦었어도 위험할 뻔했어.'

'고마워요. 오빠를 지켜줘서.'

'동료를 돕는 건 당연한 일인걸. 동기들 모두 평소에는 제각각 다양한 모습이지만 다들 목숨을 걸고 룬아머러가 되려고 한다는 사실을 새삼 느꼈어.'

주변의 생도들을 둘러보며 이자벨이 고개를 끄덕였다.

'네, 맞아요. 모두들 이곳에 그냥 있는 생도는 없어요.'

'어제 덕분에 기분 정리가 많이 됐어. 고마워.'

'도움이 되었다면 다행이에요.'

서로를 바라보며 웃던 두 사람은 문득 어색한 기분을 느끼며 시선을 돌렸다. 그들이 조용히 걷고 있을 때 펠릭스의 목소리가 들려왔다.

"벨드, 큰일 났다!"

"응? 무슨 일이야?"

붉게 상기된 얼굴의 펠릭스가 잠시 이자벨의 얼굴을 살피더니 조심스럽게 말했다.

"너, 규율회의에 소환됐어."

"규율회의?"

"에드워드 그 자식이 힐라드 백작에게 계속 칭얼댄 거지. 하이져 교수님께서 끝까지 규율회의 소집을 막아보려고 하셨는데 소용없었나 봐."

그의 말을 듣고 있던 이자벨이 걱정스러운 얼굴로 벨드를 바라보았다.

자신으로 인해 생긴 일 때문이란 사실을 잘 알고 있기 때문이다.

그녀의 기분을 잘 아는 벨드는 가볍게 웃으며 말했다.

"너무 걱정하지 마, 이자벨. 그다지 큰일은 없을 거야."

'하지만……'

"그리고 어디까지나 내가 스스로 선택해서 한 일이니 네가 미안해할 필요는 없어. 알겠지?"

이자벨은 눈물을 머금은 눈으로 고개를 끄덕였다.

"이자벨, 그럼 교실로 가도록 해. 펠릭스, 규율회의는 어디서 있지?"

"본관 건물 1층이야. 같이 가자."

"응. 그럼 이자벨, 나중에 보자."

그렇게 인사를 건넨 벨드와 펠릭스는 아쉬움이 남지 않도록 서둘러 규율회의가 열리는 장소로 움직였다.

본관 건물 가까이 가니 상당히 많은 생도들이 모여 있었다.

룬아머러 아카데미 내의 생도들 사이에 이미 에드워드와 벨드 사이의 일이 화제가 되어 있었고, 오늘 규율회의의 결과에 대해 궁금증을 가지고 있기 때문이다.

"베르난드다!"

누군가 벨드를 발견하고 외치자 생도들이 웅성거리며 입구로 가는 길을 터주었다. 그 중 누군가가 외쳤다.

"힘내요, 베르난드! 에드워드 따위에게 지지 말아요!"

"응원할게! 교수님들 앞에서 기죽지 말라고!"

그들의 외침에 벨드는 은근한 용기가 생김을 느꼈다.

건물 안으로 들어서자 중앙 회의장의 문이 열려 있다.

그 앞까지 생도들이 줄지어 서 있었지만, 그 내부로는 생도들이 들어갈 수 없는 듯했다.

데니언과 로렌, 클로아가 입구에서 그를 기다리고 있었다. 데니언이 그의 어깨를 두들겨 주었다.

"괜히 이자벨 때문에 미안하다."

"훗, 계속 그런 이야기를 하시면 화낼 겁니다. 계속 말씀드리지만 제가 선택한 일이에요."

"그렇게 말해준다면야……. 아무튼 원만히 해결되길 바라마."

"네."

이어 동기들이 외쳤다.

"벨드, 기운 내라! 별일 없을 거야."

"그래, 힘내!"

동기들을 안심시키기 위해 담담한 미소를 지어 보인 벨드는 그들을 향해 너른 등을 보이며 규율회의장으로 들어섰다.

두꺼운 문이 큰 소리를 내며 닫혔다.

쿠웅!

벨드는 회의장의 중앙으로 안내되었다.

그를 둘러싸고 검은색 가운을 두른 다섯 명의 교수와 세 명의 이사회원이 자리하고 있다.

이사회원 중 가운데에 뚱뚱한 체구의 중년인이 앉아 있었는데, 그의 뒤에 에드워드가 히죽거리며 서 있다.

선임 규율회장이 낭랑한 목소리로 말했다.

"베르난드 길버트 생도!"

"네, 베르난드 길버트입니다."

"금일 규율회의는 긴급 소집되었다. 전날의 둔켈 침공으로 인해 본 아카데미는 임시 휴교가 될 예정이므로 그 이전에 생도가 벌인 행동에 대한 처분을 결정하기 위한 것이다."

"네."

"본 규율회는 에드워드 폰 힐라드 생도와 귀 생도와의 다툼에 대한 제보를 받았으며, 그와 관련된 목격자들의 증언을 토대로 처분을 결정하려 한다. 증언자들은 단상 앞으로."

규율회장의 말이 끝나자 다섯 명의 생도가 규율회의장으로 들어섰다.

그들의 얼굴은 벨드의 눈에도 익었는데, 바로 에드워드와 함께 다니던 레벨 5의 생도들이었다.

"역시, 이런 식이군."

벨드는 규율회의의 진행 방향을 쉽게 짐작할 수 있었다. 벨드는 두 눈을 감았다.

규율회장과 증언자들의 이야기가 오고 갔다. 모두 의미 없는 내용이었다.

결국 벨드의 잘못으로 몰아 그에게 징계를 내리겠다는 것이다.

차 한 잔 마실 시간이 지나자 장내가 조용해졌다. 규율회장의 목소리가 들려왔다.

"증언자들의 증언에 이의가 있는가?"

벨드가 차분하게 눈을 떴다.

"그들이 봤다면 그것이 사실이겠죠. 이의는 없습니다."

교수들이 보더라도 에드워드에게 편파적인 증언이었다. 그럼에도 벨드가 아무런 이의를 제기하지 않자 오히려 의아한 표정을 짓는 교수들이다.

"흠흠! 그럼 징계를 발표하겠다. 베르난드 길버드 생도는 오늘부터 석 달간의 '정신의 방' 수련과 함께 1년 유급을 확정한다."

정신의 방이란 룬아머러 아카데미 지하의 폐쇄된 공간이다.

대개 자의적으로 마도력 증진 훈련을 위해 그곳을 찾긴 하지만, 타의에 의해 그곳에 3개월간 갇히게 되는 것은 보통의 일이 아닌 것이다.

"흠흠!"

규율회장을 제외한 교수들은 조금 불편한 표정을 하고 있었다. 아무리 아카데미 내에서 싸움을 일으키긴 했지만 정신의 방 3개월 수련은 그야말로 가혹한 것이라 생각했기 때문이다.

오직 만족한 웃음을 짓는 이는 힐라드 백작 뒤에 서 있던 에드워드뿐이었다.

"크크큭! 내가 뭐랬냐. 크게 후회하게 될 거라고 했지?"

그의 얼굴을 보기 싫은 벨드는 묵묵히 받아들이며 눈을 감았다. 그저 1년의 유급으로 인해 헥터와 슈반스의 계획에 차질을 입히게 된 것에 미안할 뿐이었다.

"그럼 이대로 징계를 선언하겠다!"

아무런 이의가 없자 선임 규율회장이 결의 망치를 두들기려 했다. 그때, 규율회의장의 문이 양쪽으로 활짝 열렸다.

쿠웅!

선임 규율회장이 노기를 띠며 외쳤다.

"누가 감히 규율회의가 끝나지도 않았는데 문을 여는 것이냐!"

활짝 열린 회의장 문으로 들어오는 젊은 청년이 있었다. 그 뒤로 십여 명의 사람이 줄을 지어 따르고 있다.

그중 한 사람이 장내를 향해 외쳤다.

"황제 폐하께서 드십니다! 모두 기립하십시오!"

그 외침에 거만하게 앉아 있던 힐라드 백작을 위시하여 규율회 교수들이 기립하며 안절부절못했다.

"폐, 폐하께서 어떻게 이런 곳에……."

"그, 글쎄 말이오! 무슨 일로 이런 곳에 직접 왕림하신 것인지……."

영문을 알 수 없는 그들은 서로의 얼굴을 보며 답을 구하고 있다.

특히 선임 규율회장은 소리를 지른 탓에 사색이 되어 젊은 황제의 얼굴을 살피기 시작했다.

직접 단상에서 내려온 그는 자리를 안내하며 어색한 웃음을 지었다.

"폐, 폐하, 상석으로 오르시지요."

"고맙네."

황제가 상석으로 오르자 그 옆자리에 서 있던 힐라드 백작이 연신 땀을 흘리며 안부를 물었다.

"그간 평안하셨습니까, 폐하?"

"오래간만이오, 힐라드 백작. 그사이 더욱 살이 붙은 것 같소?"

"예, 폐하. 워낙 먹는 것을 좋아해서 말입니다. 송구스럽습니다."

황제가 앉자 따라 앉은 그는 조심스러운 말투로 물었다.

"그보다 폐하, 이런 누추한 자리에 어인 일로 행차하셨습니까?"

황제는 얼떨떨한 표정으로 회의장 중심에 서 있는 벨드를 유심히 바라보았다.

"뭐, 큰일은 아니오. 짐이 요즘 관심을 가지고 지켜보고 있는 베르난드 길버트 생도를 한번 만나볼까 해서 왔을 뿐이니……. 한데 마침 이곳에 있다고 해서 시간을 아낄 겸 해서 직접 찾아왔소."

"베, 베르난드 길버트를 알고 계셨습니까?"

"직접 만나는 것은 처음이오. 하지만 차기 황실 경호단장을 맡길까 하여 눈여겨보는 인재라오."

"화, 황실 경호단장 말씀이십니까? 어찌 저 어린 생도를……."

"믿을 만한 측근이 적극 추천해서 말이오."

대수롭지 않게 대답한 황제가 주변을 둘러보더니 선임 규율회장에게 물었다.

"한데 베르난드 길버트는 무슨 일로 규율회의에 회부된 것이오?"

갑자기 자신을 지명하여 묻자 선임 규율회장의 얼굴이 퍼렇게 질렸다. 그는 힐라드 백작의 표정을 살피며 더듬거렸다.

"그, 그것이 베르난드 길버트 생도는 얼마 전 교내에서 다툼을 벌여 그에 대한 규율위원회가 소집된 것입니다."

"흐음, 불과 어제 발로인 전역이 둔켈의 공격으로 쑥대밭이 되었는데 긴급으로 소집될 만큼 중대 사안이란 말이오?"

"그, 그것이 앞으로 처리할 일이 많기도 하였고……."

그의 말허리를 자르며 재차 물었다.

"상대의 피해는 어느 정도요? 또 사건의 발단은 어떠하며 증언자들을 다시 불러주시오."

그 자리의 교수들과 이사회원들은 돌처럼 굳었다.

차마 밝히기 꺼려졌지만 황제가 요청한 이상 발뺌할 수는 없는 상황이다.

교수들의 설명과 증언자들의 증언이 전과 같이 전개되었다.

턱을 괴고 그들의 이야기를 한참 듣고 있던 황제는 따분하다는 듯 손을 들며 멈추게 하였다.

"그만 하시오. 짐이 이곳으로 오면서 다른 생도들에게 같은 질문을 하였소. 하지만 그대들의 설명, 증언과는 크게 차이가 나는데 이는 무엇 때문이오?"

"그, 그건……."

"힐러드 백작!"

투실한 이마의 땀을 연신 닦아내던 힐러드가 움찔하며 대답했다.

"네, 넵, 폐하!"

"그대의 망나니 아들에 대한 소문은 익히 들어왔소. 지금까지 인척이라는 이유로 눈감아왔지만 오늘 룬아머러 길드의 생도들을 통해 들은 이야기는 실망스럽게 그지없구려."

"소, 송구스럽습니다, 폐하."

"짐이 판단하기로는 피해자와 가해자가 서로 바뀐 듯하니 그 부분을 정정하고자 하오. 이의 있으시오?"

"가, 감히 제가 어찌 폐하의 판단을 부정하겠습니까? 말씀하십시오."

"선임 규율회장, 베르난드에게 주어진 징계가 무엇이오?"

"저, 정신의 방 3개월간 수련, 그리고 1년의 유급입니다."

"좋소. 그 징계를 에드워드 폰 힐러드에게 내리겠소. 베르난드 역시 자신에게 주어진 징계에 대해 이의를 제기하지 않았으니 에드워드 역시 이의를 제기하지 않을 것이라 믿소."

황제의 판결에 얼굴이 하얗게 질린 에드워드가 뭐라 말하려고 했다.

하지만 힐러드 백작이 그의 소매를 강하게 끌어당겼다.

아무리 눈치가 없는 아들이지만 지금 황제에게 불복하는 것은 그야말로 큰 죄였기 때문이다.

힐러드 백작이 머리를 조아렸다.

"이의 없습니다, 폐하. 뜻대로 하소서."

"그럼 그렇게 하고 규율회의를 끝내겠소. 해산하시오."

황제가 손을 들어 올리자 장내의 교수들과 이사회원들이 머리를 조아리며 서둘러 자리를 떠났다.

누가 보더라도 부조리한 규율회의를 발각당한 이상 이 정도로 끝난 것만으로도 그들에게는 큰 은혜였던 것이다.

황제가 단상에서 내려와 얼떨떨한 표정인 벨드에게 다가왔다.

"처음 보는군, 베르난드 퀼러스."

그제야 자신의 위치를 깨달은 벨드가 급히 무릎을 꿇으며 예를 취했다.

"예, 폐하!"

그리고 곰곰이 생각해 보았다. 분명 황제는 자신의 본래의 성을 부른 것이다.

"몸을 일으켜라."

"예."

벨드의 얼굴을 보고 피식 웃은 황제가 말했다.

"무슨 일이 일어난 것인지 어리둥절하겠지?"

"예, 그렇습니다."

"오늘 아침 일찍 헥터 길드장과 하이져 교수가 면담을 요청했다. 네가 규율회의에 회부된 일로 도움을 구하기 위해서 말이야."

"아, 그러셨군요. 이미 헥터 길드장님께서 알고 계셨군요?"

"후훗, 헥터 길버트 경은 자네가 생각하는 것보다 아주 치밀한 분이시지."

"송구스럽습니다만 고작 저 같은 일개 평민을 위해 폐하께서 직접 행차하신 것에 대해 의문이 듭니다만······."

문득 벨드의 얼굴을 본 황제가 재미있다는 듯 대답했다.

"짐이 말하지 않았는가? 차기 황실 경호단장직을 맡길까 해서 눈여겨보고 있었다고. 어린 친구가 기억력이 좋지 않군. 하핫!"

황제의 농담에 벨드의 얼굴이 붉어졌다. 그런 벨드를 보며 정색을 한 황제가 말을 이어갔다.

"헥터 길드장이 가즈아머 오너인 자네를 키운 이유가 무엇일 것 같나?"

"폐하께서 어떻게 제가 가즈아머 오너라는 사실을······."

그제야 문득 모든 일이 들어맞아 간다는 생각을 하게 되었다.

"아! 그렇다면 청동 날개 길드를 위해 저를 훈련시키신 것이 아니었군요?"

"후훗, 헥터 길드장의 말대로 똑똑한 청년이로군. 그렇다네. 짐의 곁을 지킬 능력 있고 믿을 만한 사람이 필요하여 헥터 길드장이 안배를 해준 것일세."

"저는 그런 줄도 모르고……."

잠시 턱을 매만지던 황제가 물었다.

"짐 역시 궁금한 것이 있는데……."

"하문하십시오."

"어찌하여 자신에게 씌워진 억울한 징계에 이의를 제기하지 않았지?"

"소인이 결정한 일로 인해 불이익을 당하더라도 불만이 없습니다. 그리고 정신의 방에서 3개월간 수련은 그다지 나쁘지 않은 징계라고 생각했습니다. 아직 가즈아머 오너로서 모자라는 것이 많아서 말입니다."

"하핫! 정말 듣던 대로 고집불통이로군. 아무튼 계획치는 않았지만 이렇게 만나서 반가웠네. 조만간 모든 것이 준비되면 만나도록 하지."

"예, 폐하. 오늘의 은혜는 절대 잊지 않겠습니다."

"앞으로 자네는 짐을 위해 그보다 더한 일을 해줘야 할 테니 너무 마음 쓰지 않아도 되네."

"예, 소명을 다하겠습니다."

"그럼 더욱 정진하게."

그렇게 말한 황제는 자신을 수행하는 신하들을 향해 걸어갔다. 벨드는 기분 탓인지 황제의 얼굴이 밝아 보인다고 느꼈다.

황제의 뒷모습을 보며 잠시 생각에 잠겨 있던 벨드에게 동기들이 모여들었다. 평소답지 않게 조금 경직된 자세가 된 로렌이 물었다.

"너 대체 정체가 뭐냐? 어떻게 황제 폐하께서 직접 행차하실 수 있는 거지?"

"글쎄… 나도 잘 모르겠다. 내 정체가 뭔지 말이야."

"그걸 대답이라고 하는 거냐? 황제 폐하께서 생도들에게 이것저것 하문하실 때는 정말 꿈인가 생신가 했다니까."

데니언 역시 크게 놀란 얼굴이다.

"정말 네 주변에 있으면 놀랄 만한 일만 일어나는군. 심장이 약해질 것 같아 널 좀 멀리해야겠는걸."

"하아, 카일이라는 친구도 늘 불운을 몰고 다닌다고 하더군요."

"하핫! 그런가?"

잠시 동료들을 둘러보던 벨드는 자신을 걱정해 주는 동료들에게 깊은 감사를 느꼈다. 그는 뭔가 생각난 듯 말했다.

"나 오늘은 수업을 좀 빠져야겠어. 누굴 좀 만나봐야 할 것 같아."

"으응, 그래."

"그럼 나중에 보자고!"

그렇게 인사를 건넨 벨드는 서둘러 청동 날개 길드로 달려 갔다.

펠러가 문을 열어주며 인사를 건넸지만 가볍게 답한 벨드 는 그 길로 헥터의 집무실로 향하였다.

똑똑!

"벨드예요. 들어가도 될까요?"

"들어오너라."

문을 열고 들어서자 책을 읽고 있던 헥터가 눈을 올려 뜨며 물었다.

"으음? 지금 룬아머러 아카데미 수업 시간일 텐데 왜 벌써 돌아온 것이지?"

"방금 황제 폐하를 알현하고 돌아오는 길이에요."

책을 내려놓은 헥터가 나직한 한숨을 내쉬며 고개를 끄덕 였다.

"그래, 폐하께 이런저런 이야기를 들었겠구나."

"네, 하지만 아직도 궁금한 것이 많아요. 기왕 제게 주어진 사명이라면 모든 것을 알고 싶어요."

"흠, 그럼 거기 앉거라. 이야기가 길어질 테니."

벨드가 자리에 앉자 헥터가 이야기를 이어갔다.

"우리가 가즈아머 오너를 찾게 된 것은 바로 붉은 랜스 길드의 길드장이자 황제의 외숙부인 레기어스 플러드의 야욕을 견제하기 위해서였단다. 그자는 황실에 전해져 내려오는 가즈아머를 차지하려고 하지."

"어떻게 황실의 가즈아머를 차지할 수 있죠? 황제가 가지고 있는 것이 아닌가요?"

"안타깝게도 현 황제이신 클레멘스 5세께서는 가즈아머의 선택을 받지 못하셨단다. 그것이 모든 문제의 시작이었지."

"아! 그렇군요. 그래서 혹시라도 레기어스 플러드 경이 가즈아머를 차지할 수도 있어 저로 하여금 견제하도록 한다는……."

"그렇단다. 그동안 그에 대한 이야기를 하지 않아서 미안하구나. 미리 알려줘 봐야 부담만 될 것이라는 판단에서였다."

"좋은 판단이셨어요. 분명 저는 부담이 되었을 거예요. 어쨌든 지금이라도 알게 되어서 속은 시원해요."

밝은 표정으로 주먹을 불끈 쥔 벨드가 말했다.

"앞으로 정말 열심히 노력할 거예요! 황제 폐하, 길드장님, 슈반스님, 그리고 친구들, 그 외 수많은 사람들에게 꼭 도움이 되는 사람이 되고 싶어요."

그의 말을 묵묵히 듣고 있던 헥터가 어깨를 으쓱이며 말했다.

"허! 그럼 그렇게 되지 않으려고 했던 거냐?"

"아뇨! 꼭 그렇게 될 거라고요! 그럼 다시 룬아머러 아카데미로 가겠습니다!"

"그래, 잘 다녀오너라."

다시 인사를 남긴 벨드는 날다시피 청동 날개 길드를 빠져나가 룬아머러 아카데미로 향했다. 주변의 광경을 보며 깊은 전의를 다졌다.

*　　　*　　　*

며칠 후, 황립 룬아머러 아카데미는 임시 휴교 상태에 돌입했다.

소속된 생도들은 헥터의 예견대로 룬아머 보유 생도는 정규 룬아머러로, 또는 치안유지병으로 차출되었다.

벨드는 정규 룬아머러로 차출되기 전 마지막 점검을 하고 있었다.

벨드가 마도력을 끌어올리자 오른 손등의 가즈아머의 인으로부터 은빛의 가즈아머가 소환되어 그의 몸을 감쌌다.

실내의 공기가 차갑게 변하자 카일이 손을 비비며 말했다.

"아, 더운 여름에 기가 막히겠군. 여름에 잘 부탁한다, 벨드."

"가즈아머를 보고 그렇게 생각하는 사람은 너밖에 없을 거다."

이자벨이 가즈아머의 표면을 유심히 살폈다. 그의 왼팔의 뱀브레이스에 이자벨이 직접 안착시킨 쉐이프 일루전 마법진이 안착되어 있다.

'이제 된 것 같아요, 벨드.'

그녀의 심언을 들은 벨드는 고개를 끄덕이며 왼팔의 뱀브레이스에 마도력을 흘려 넣어 마법진을 발동시켰다.

우웅!

마법진으로부터 눈부신 빛이 쏟아져 나오며 가즈아머 전체를 덮었다.

그리고 빛 무리가 거두어지자 가즈아머의 외형이 완전히 변해 있다.

은색이던 갑주는 무광의 검은 룬아머 형태가 되어 있고, 가슴에는 청동 날개 길드의 문장에 선명하게 새겨져 있다.

오른손 건틀릿 위로 새겨진 가즈아머의 인 역시 완전히 검은색으로 덮여 누가 보더라도 가즈아머임을 알아볼 수 없을 것 같다.

자신의 손을 내려다보고 거울을 통해 투구와 가슴의 문장을 살펴보던 벨드가 만족한 듯 탄성을 내질렀다.

"와! 정말 멋진걸! 누가 디자인한 거지?"

그의 말에 페이튼이 자랑스럽게 말했다.

"이 페이튼님의 오리지널 디자인이다! 연방제국 룬아머러 협회에 디자인 신청을 공식적으로 했으니 누구도 의심하지 않을 게다!"

"그렇군요! 대단해요, 페이튼 아저씨!"

크리스 역시 만족한 표정을 지었다.

"이제야 드디어 남 눈치보지 않고 전투에 참여할 수 있겠네. 하지만 이자벨이 안착시킨 뱀브레스의 마법진은 조심하렴. 파괴되는 순간 원래의 가즈아머로 돌아오게 될 테니."

"응, 알겠어! 잠시 밖에 좀 다녀올게!"

"뭐, 그렇게 해! 처음으로 마음껏 가즈아머를 사용할 수 있게 된 거니 신날 만하지."

손을 흔든 벨드는 급히 미케닉실을 빠져나갔다.

그리고 그날 저녁 벨드의 룬아머는 발로인 곳곳에서 발견되며 룬아머 관련자들의 깊은 관심을 받았다.

『조각의 주인』 3권에 계속…

요람 新무협 판타지 소설 FANTASTIC ORIENTAL HEROES

귀환병사

국내 최대 장르문학 사이트를 휩쓴 화제작!
여름의 더위를 깨뜨려며 차가운 북방에서 그가 온다.

『귀환병사』

열 다섯 나이에 북방으로 끌려갔던 사내, 진무린
십오 년의 징집을 마치고 돌아오다.

하지만 그를 기다린 것은 고아가 된 두 여동생, 어머니의 편지였다.
그리고 주어진 기연, 삼륜공…….

"잃어버린 행복을 내 손으로 되찾겠다!"

진무린의 손에 들린 창이 다시금 활개친다.
그의 삶은 뜨거운 투쟁이다!

Book Publishing CHUNGEORAM

유행이 아닌 자유추구 -
WWW.chungeoram.com

백미가 新무협 판타지 소설

FANTASTIC ORIENTAL HEROES

천선지가

불의의 사고로 죽은 청년 이강
그를 기다린 것은 무림이었다!

어느 날
그에게 찾아온 운명,
천선지사.

각인 능력과 이 시대엔 알지 못한 지식으로
전생에서 이루지 못한 의원의 꿈을 이루다!

『천선지가』

하늘에 닿은 그의 행보가 시작된다!

Book Publishing CHUNGEORAM

유행이아닌자유추구-
WWW.chungeoram.com

FUSION FANTASTIC STORY
건(建) 장편 소설

컨트롤러
Controller

세상에게 당한 슬픔,
약자를 위해 정의가 되리라!

『컨트롤러』

부모님의 억울한 죽음.
더러운 세상에 희롱당해
무참히 희생당한 고통에 분노한다!

"독하게… 살아가리라!"

우연한 기회를 통해 받은 다른 차원의 힘.
억울함에 사무친 현성의 새로운 무기가 된다.

냉정한 이 세상을 한탄하며,
힘조차 없는 약자를 대변하고자
내가 새로운 정의로 나서겠다!

Book Publishing CHUNGEORAM

유행이 아닌 자유추구 -
WWW.chungeoram.com